かぼちゃの花

田舎の子どもの
戦中戦後

大橋順雄

文芸社

まえがき

太平洋戦争が終わって八十年ほどが過ぎ、八十路半ばを歩む私が、遠いおぼろげな記憶を手繰りよせて、こんな拙いエッセイを書こうと思った理由は二つある。その一つは、沖縄が日本へ復帰して五十年となる節目と時期を同じくして、ロシアが、ウクライナに戦争を仕かけたことである。

約八十年前に日本が焦土と化した太平洋戦争も含め、第二次世界大戦では、敗戦国だけでなく戦勝国も、戦争の愚かさを、身をもって知ったはずだ。それなのに、二十一世紀にもなって、また同じことをくり返すのかと、人間そのものの愚かさにうんざりする昨今である。

それほど戦争が好きな生き物なら、いっそのこと、第三次世界大戦を始めたらどうか？そうすれば、必ず核戦争になり、人類は亡びる。かつて恐竜は地球を支配したが、やがて一斉に滅びてしまった。巨大化しすぎた図体をもて余して亡びたのではないか、というのが私の持論だ。それにならって考えるなら、人類もまた、発達しすぎた科学兵器のために亡びる。これもまた自然の摂理であろう。

それは、地球にとって好都合かもしれぬ。この緑と水の惑星を、汚し放題汚し、痛め付けた人類など、地球にとっては不必要な生物ではあるまいか。

人類が滅亡したあとには、もっと聡明な命が生まれ、人間のせいで荒れ果てたかけがえのない水の惑星を、再び活かしてくれるかもしれない。

先の太平洋戦争において、日本国内で地上戦が行われたのは沖縄だけである。現在のように中継動画も録画もない時代。だから実際の様子は見聞きできないが、その戦闘や被害のすさまじさは今日のウクライナの比ではなかったはずだ。

沖縄が日本へ復帰して間もなく、私は沖縄本島を訪れたことがある。地元の人々が、まず話してくれたのは、「ひめゆり部隊」のことである。この部隊は、女子生徒二百二十二名と、引率教員十八名からなる女子学徒隊だった。沖縄戦の最中に、彼女たちは現地の陸軍病院の看護要員として動員され、合計二百四十名のうち二百二十七名もの方が犠牲となった。「生きたい」という自分の意志にそむくかのように、蕾《つぼみ》のままで散っていった少女たちを思うと、涙も出なかった。

摩文仁《まぶに》の丘から見る青い海原。グラスボートの底から見た、息をのむほど鮮やかな珊瑚《さんご》群。こんな美しい島で、老いも若きも、男も女も、子どもも、外からの力で未来を断たれたのか！

その頃は、摩文仁の丘に「平和の礎」は立っていなかったが、県別の慰霊塔は立てられていた。そこで地元の人から聞いた話に、頭髪が逆立つ思いをした。

降り注ぐ弾丸で煮えたぎるようになっていた海へ、崖から身を投げた老人。アメリカ兵から逃れるために、隠れていたガマ（沖縄方言で「洞窟」の意）の中で、泣きだした赤ん坊を自らの手で殺めた母親……。戦争とは何とむごいものだろうか……。

戦争でアメリカの得たものは何であったのか。戦争に勝者はないと言われるが、そんな一言でかたづけられるものではない。

大宇宙から見れば米粒ほどもない星の上で、領土を取ったの、取られたの、一体人間は何をやっているのか？　と言いたい。

何年か前、中日新聞が「平和の俳句」を募集したことがあった。私も俳句や短歌を少しかじっていたことから、何句かを提出し、私の記憶が正しければ月間百選に次の四句を載せてもらった。

黄ばみゆく戦《いくさ》の記憶昭和の日
夏逝くや沖縄今も国の楯
原爆忌語り部罵声にたじろがず
時雨るるや嬰児抱く母も抗議デモ

新聞の一面に取り上げられたのは、次の一句である。

炎天にいがぐり頭黙禱す

読み返すと、新聞に載るような句でもないように思うが、私は私なりに、平和への思いを詠んだつもりである。

何はともあれ、戦争ほどバカげた行為はない。世界中の軍費を無くせば、人類はどれだけ豊かな生活ができるであろうか。発展途上国の、飢えに苦しんでいる何百万人と言われる子どもたちも、簡単に救えるであろうに。

戦中戦後の育ち盛りをひもじい思いをして過ごした戦中生まれの私は、誰よりも平和への思いが強い。

このエッセイをしたためた二つ目の理由は、飽食日本を憂いているからだ。

日本は、今や世界に名を馳《は》せるグルメ王国である。テレビは朝から晩まで、大食い競争だの、グルメ巡りだのと、どこかの局で「食」の放送をしている。何しろ、ただ大食いだというだけの女性をタレント扱いする時代だ。それが果たして正常なことなのかと、テレビ局をはじめとするメディアに問いたい。

我が国は食料の五十パーセント以上を輸入している。昨今は、円安になったせいで多くの食品が値上がりし、国民はそのことで騒いでいる。その半面、日本は年間五百万トンもの食品を捨てている。余分に買い過ぎた食品が冷蔵庫の中で消費期限を過ぎてしまったり、作り過ぎて食べ残したり。それでいて、値上がりすると世論は大騒ぎになるのだ。

値上がりしただけで騒いでいる国民は、食品の輸入そのものが止まったらどうするつもりなのか？　かつて日本は、石油を止められたために太平洋戦争を起こした。それと同じように、また戦争を始めるのだろうか？　国民の間で、そんなことをする覚悟はできているのか？　国の舵をとる人たちは、こうしたことについて、どのように考えているのだろう。

「資源がほとんどない国で生活する日本人は、もっと謙虚に生きるべきではないのか？」

老人の独り言である。

目次

まえがき　3

第一章　神の国が敗れた　13

神の国　13

縁故疎開　22

遺骨箱　32

途絶えた鐘の音　36

燃えた夜空　41

かぼちゃの花　47

第二章　まずしき戦後　55

黒塗りの教科書　55
にぎり飯　58
芋泥棒　67
チョコレート　75
開墾　79
消えた鶏　86

第三章　四季の中の子ども　92
蛍　92
黒ん坊コンクール　99
雪合戦　105
麦　秋　110
第四章　流れゆく雲の彼方　118
海水浴　118
陰　膳　126

鱗雲　138

子どもたちのその後（あとがきに代えて）　151

第一章　神の国が敗れた

神の国

昭和十二（一九三七）年六月、私はこの世に生をうけた。

岐阜県養老郡《ようろうぐん》多良村《たらむら》（現在は大垣市《おおがきし》）。

西に鈴鹿《すずか》山脈がそびえ、東には養老山地が横たわる間を木曾三川《きそさんせん》（東から木曾川、長良《なが ら》川、揖斐《いび》川である）の一つ揖斐川の支流、牧田《まきだ》川が流れ下る。

牧田川の流れに沿って開けた低地に、当時は川上から時《とき》、多良《たら》、一之瀬《いちのせ》、牧田《まきだ》の四か村が点在していた。私が生まれた多良村は、生家のある三ツ里《みつさと》をはじめ十ほどの地区からなる山村だった。

村で鈴鹿山脈を背にして立てば、眼前の牧田川は対岸の養老山地に沿って北上し、山地北端を回り込んで東側の濃尾《のうび》平野へと抜ける。山地北端の先には再び山塊が立ち上がり、それを越えると天下分け目の戦いで名高い関ヶ原《せきがはら》のとば口である。多良村は牧田川に沿って走る街道で濃尾平野の大垣市方面と結ばれ、途中で分岐した道は関ヶ原にも通じていた。

川沿いに開けた村の標高はざっと百五十メートルで、山深くに閉ざされた村というわけではない。けれども、まとまった平地が広がるのは、川の周囲に限られている。そこで、村に暮らす先人たちは、周囲の小高い山に緩やかな斜面を見つけては山間の湧き水を引き、ある場所には千枚田（棚田）、ある場所には麦畑というように、長い年月をかけて耕作地を増やしてきた。

そのため、家々の小さな田や麦畑は、川近くの平地と山地の斜面の各所に散在していた。私の両親も、今日は山の棚田、明日は平地の水田、季節が変われば山の麦畑、空いた時間には家の前に広がる自家用の畑地というように、季節や日柄に応じて行き来しながら農事に精を出した。

父は農事の合間を縫って、小高い山の奥にしつらえた炭焼き小屋にも通った。小屋があるのは、歩いて一時間ほど丘陵の林道を上った先だ。伐り置いたナラやクヌギの木を窯で焼く。木炭ができると俵に詰め、背負って山を下る。こうして村の集積倉庫に運び込まれた木炭は、大垣方面からの街道を定期的にやって来る四トントラックが回収していく。街道は砂利道で、トラックやバスがやってくると、遠目にも砂煙があがるのが見えた。

　私が幼い頃、砂塵《さじん》をあげて駆けてくるバスは木炭を焚《た》いて走る木炭車だった。木炭ガスでエンジンを回すのだが、何しろ馬力が出ない。上り坂で動かなくなったバスから降りた乗客たちが車体を押すという、今では考えられない光景が、遠い少年の日の記憶に残る。

　それでもこの時代、木炭は日々の生活や各種工業、交通機関まで支える燃料だった。だから木炭生産は重要な産業の一つであり、山村の大事な現金収入源でもある。我が家でも炭焼きで得られたお金は、衣類や道具類、そして村のよろず屋で売られるちくわや豆腐、油揚げやこんにゃくといった副食類を買い求める足しになった。

　もっとも、村によろず屋はあっても八百屋はなかった。多良村での子ども時代、私が野菜を買い求めたことは一度もない。家の畑で採れるきゅうり、なす、かぼちゃ、さつま芋、大根といった野菜と、自宅で仕込んだ味噌《みそ》と醤油《しょうゆ》、そして供出した後に残った自家消費用の米や麦。ほとんど自給自足でまかなわれるこれらの食べ物の数々が、幼い私を育ててくれた。

　やがて私の下には弟、次いで妹が生まれ、我が家はにぎやかになった。この時期、村に常設の保育園や幼稚園はない。物心つく頃には年上の子どもの後に付いて回って遊んだり、近所の同世代の子たちで群れ集まって遊んだり。山村とはいえ、集落には結構な数の家々が間近に立ち並んでいたから、子ども同士の行き来は簡単だった。我が家の近所に建つ極《ごく》念寺《ねんじ》と、隣接する氏神の神社の境内は、合わせて村の広場のようになっていた。そこは子どもたちの格好の遊び場となり、歓声が絶えなかった。

こうして幼い日を過ごした私が、多良村立・多良国民学校初等科に入学したのは昭和十九（一九四四）年四月。太平洋戦争（当時の呼称は「大東亜戦争」）のまっただ中である。私が生まれた頃の日本は、国号を「大日本帝国」と名乗り、戦争に明け暮れていた。中でもアメリカやイギリスなどとの間に太平洋戦争が始まったのは、三年前の昭和十六（一九四一）年の暮れのことだった。

戦争の時代、あらゆる人や物が戦争に動員されていた。子どもたちを教育する学校も例外ではなかった。尋常小学校（今の小学校にあたる義務教育）と高等小学校（今の中学一・二年生に相当）は、開戦と同じ年、それぞれ国民学校の初等科と高等科へと改組された。この国民学校で子どもたちは、天皇を中心とする国、つまり「皇国」に尽くす国民となるべく教育された。

それを象徴するのが、皇国に尽くす年少の国民という意味で小学生を指して言われた「少国民」という言葉だ。入学の初日早々、私もこの言葉の洗礼を浴びることとなった。

入学式の朝はすっきりと晴れわたり、桜は満開であった。母に付き添われてくぐった校門には二本の日の丸が交差して立っており、新入生は大勢の先生に迎えられた。各学年とも二学級の合計十二学級で、学年当初の子どもの数は、一学級あたり四十人足らずだった。

講堂での入学式は、東方にあたる皇居に向かっての最敬礼、つまり皇居遥拝《ようはい》から始まる。東の方角を先生が示し、全校児童がそちらを向いて姿勢を正す。

「皇居に向かって最敬礼！」

先生の号令で、その場に居合わせた全員が、腰を直角に折って最敬礼する。それから向き直った講堂の正面には、当時「御真影」と呼ばれた天皇陛下の写真が掲げられていた。

次に始まるのが校長先生の式辞だ。

「君たちは、今日から少国民である。勉強に励み、身体を鍛え、立派な大日本帝国国民となって、天皇陛下の御ため、国のために尽くすように。日本は、いま、鬼畜米英と戦っている。それは、アジアの人々を欧米から解放し、平和な大東亜圏を作るためである。日本は神の国である。決して、敗けることはない。男子は長じて勇敢な兵士となり、前戦に行くことになり、女子は国防婦人となって国を守ることになる。決して、ひ弱な大人になってはならない」

ざっとこんなことを語る校長先生の口調は勇ましかったが、この時の私には、さっぱり訳がわからなかった。それでも、「神の国」や「少国民」という言葉、そして、勉強して体を鍛え、立派な兵隊になるようにというくだりは、校長先生がひたすら怖い人だという印象とともに、今でも鮮明に胸に焼き付いている。

こうして国民学校初等科での毎日が始まった。

将来何になるかと問われれば「兵隊さん！」。勇ましい子になると「大将になる！」。そう答えるのが、半ばあたりまえの時代だった。

授業は、二日目から。

朝、近所の子どもたちが自然に集まり、連れ立って学校に向かう。和服姿の子もまれに見かけたが、たいていは質素な開襟シャツや国民服にズボンといういでたちだ。今と大きく違うとすれば、服装よりも子どもたちの足元だったかもしれない。ほとんどの子どもが履くのは靴ではなく、藁草履《わらぞうり》だった。

素材となるのは、脱穀された後に残る稲や麦の藁だ。藁は縄や俵、筵《むしろ》といった生活必需品の素材として利用され、どの農家でも玄関を入ってすぐの土間からは藁打ちの音が聞こえた。こうして自給される生活必需品の中でも、特に日常的に使われたものの一つが藁草履だ。三日もすれば藁が擦り切れてしまうほどの消耗品だったから、遠出する時には必ず予備の藁草履を腰に提げた。

藁草履を履いた子どもたちが、田んぼの間を縫う農道を行く。学校までは一キロほどだから、二十分ほどぺちゃくちゃおしゃべりしているうちに到着である。県道に面した校門を入ると、目の前に二階建ての校舎が建ち、その左右に連結された平屋の校舎。校庭には築山が作られ、木が植えられていた。校舎に着くと、子どもたちは割り振られた教室へとがやがやと吸い込まれていった。

しばらくすると、用務員さんが鳴らす手振り鈴の音が校内に響き渡るのが聞こえる。今は福引会場などで当選が出た時に鳴り響く、「カラーン、カラーン」という余韻のある鐘の音。始業を告げるこの音が響き渡ると、校舎全体のざわめきは潮が引くように消えていくのだった。

国語の一ページは、「サイタ、サイタ、サクラガサイタ」。二ページは、「ススメ、ススメ、ヘイタイススメ」。

それをみんなで大声を出して読んだ。家庭での幼児教育という発想などない時代の一年生だったが、それでも読めない子どもはほとんどいなかった。

音楽で最初に歌ったのは、「青空高く　日の丸揚げて　ああ美しい　日本の旗は」であったように思う。どの教科書、どの授業をとっても、そこには当時の世相が映し出されていた。

最初の担任は、女性の先生だった。その先生が付けた私の一年生一学期の成績は、なぜか一番苦手な体育だけが「優」、あとはすべて「良」であった。当時の成績評価は上から順に「優」、「良」、「可」という言葉で表されていた。察するに、「良」ばかりではかわいそうだからと、体育をおまけして「優」にしてくれたのではないだろうか。

通知表の講評欄には、「よく言えばひっこみ思案、悪く言えば愚図である」と、今の感覚からすればずいぶんなことが記されていたのを覚えている。低学年の頃の私は、特に秀でた科目もない、あまり目立たない子ども、おとなしい子どもだったのかもしれない。

それでも、この頃に学校で学んだことの中には脳裏に深く刻みつけられ、後年まで記憶に残ったものがある。

全文を暗誦してより八十年教育勅語いまだ忘れず

二学期になると、私たちは「教育勅語」を暗誦《あんしょう》させられた。明治二十三（一八九〇）年に明治天皇が日本の教育の基本方針として発した勅語で、大人がよどみなく読み上げても二分はかかろうという、難解な漢文調の長文だ。教育の根源として国民の忠義と孝行を掲げ、皇室を支えることを国民に求める内容だった。

この勅語の暗誦に取り組んだのは、皇国の国民としての心構えなどを学ぶ時間として設けられた「修身」という科目の時間だった。その時間になると、一年生の子どもたちは、教育勅語を一節ずつ唱和しながら懸命になって覚えた。

「朕惟フニ」

先生が読み上げると、これに子どもたちの黄色い声が続く。

「ちんおもうに！」

「我カ皇祖皇宗」「わがこうそこうそう」、「國ヲ肇ムルコト」「くにをはじむること」、「宏遠ニ」「こうえんに」、「徳ヲ樹ツルコト」「とくをたつること」、「深厚ナリ」「しんこうなり」……。この調子で、子どもにとってはまるで呪文のような勅語が延々と続く。六歳の子どもたち全員が、いつしかそれをよどみなく暗誦するようになったのだから、今思えば驚きである。

みんなが何とかできるようになると、朝礼などがあるたびに、皇居遥拝に続いて全員で暗誦した。太平洋戦争の開戦から三年目となる昭和十九年。戦時下の「少国民」にとって、それがあたりまえの学校生活の光景だった。

縁故疎開

その頃、すでに日本は、敗戦への坂道を転げ落ちはじめていた。

まだテレビなどない当時、国民の情報源は新聞とラジオだった。我が家の木箱のような真空管式受信機からは、戦局を伝えるニュースが頻繁に聞こえていた。

ニュースの前には、勇ましい軍艦マーチが流される。それから、日本軍の総司令部にあたる「大本営」という所からの発表が伝えられる。それは戦果を大きく水増しして伝え、その後にはいつもきまって、我が方の損失はほんの少しだという言葉が付け加えられていた。それを語るアナウンサーはむやみに勇ましい言葉を連発し、声色には奇妙な力みがあった。今思えばそれは、現在の私たちがときどきテレビで目にする、隣の独裁国家のアナウンサーの口ぶりによく似ていた。だが、勇ましい言葉、力んだ口調で伝えられた数々の輝かしい戦果も、後になってすべて嘘《うそ》だとわかった。

今では八十年近く前の戦争のことを知らない人も増え、若い世代の中には日本がアメリカと戦ったことさえ知らない人もいると聞く。そこで、当時の私の経験を知っていただく前提として、それまでの戦争の流れをふりかえっておこう。

もちろん、この私とて、幼い子どもだった当時、戦争の全体像や社会情勢など知る由もない。そこで、本書の中で当時の歴史的、社会的なできごとを説明するにあたっては、いくつかの資料を参考にさせていただくこととしたい（主な資料は巻末を参照）。

先に述べたように、太平洋戦争が始まったのは昭和十六（一九四一）年。この年の十二月八日、日本軍はハワイの真珠湾にあるアメリカ海軍の基地を奇襲攻撃して米英との戦争に突入した。この戦争の遠因は、それに先立つ昭和十二（一九三七）年から続く日中戦争（当時の呼称は「支那事変」）の泥沼化だった。

日中戦争が起こると、日本の中国進出を警戒するアメリカは、イギリスやオランダなどとともに石油やくず鉄などの資源物資の日本への輸出を制限する経済制裁を実施した。これに対して日本は、当時「南方」と呼んだ東南アジア地域に進出し、そこから資源を手に入れて日中戦争を継続しようとした。

だが、これがアメリカの一層の反発を招く。アメリカは、日本に対する石油の全面禁輸に踏み切ったのだ。日本は石油をアメリカからの輸入に頼っていたから、禁輸は日米の対立を決定的にした。そこで日本は米英などとの戦争を起こし、南方の資源地帯に侵攻した。これが太平洋戦争である。

アメリカは石油を輸出できるほどの資源国であるうえ、当時すでに世界最大の工業国だった。資源に乏しく工業力でも劣る日本は、真珠湾攻撃に始まる緒戦こそ連戦連勝に沸いたものの、戦況はまもなく暗転する。

昭和十七（一九四二）年の六月、日本海軍はミッドウェー海戦でアメリカ海軍に敗北。

だが、この時、ラジオは日本の損害を実際よりもはるかに小さく伝え、まるで日本の勝ち戦のように報じた。この時から、新聞やラジオを通して流される大本営発表は、日本の戦果を実際よりも水増しして伝えることが日常化した。この年の八月から翌年二月にかけてのガダルカナル島の戦いでも、物量に劣る日本陸軍は膨大な数の死者を出した末に敗北した。日本軍は島から撤退したのだが、この撤退も国民には、敗北色を隠した「転進」という言葉で伝えられた。こうして日本は、国民に敗北の実態を隠した二つの戦いをきっかけとして、敗戦への坂道を転げはじめたのだ。

昭和十八年五月のアッツ島の戦いで、日本軍の守備隊は補給を絶たれた末に全滅。それは「玉砕」という美化した言葉で伝えられた。そして、昭和十九（一九四四）年の夏にはサイパン島、テニアン島、グアム島が「玉砕」。これらは小笠原《おがさわら》諸島の先に連なるマリアナ諸島の島々である。そこがアメリカに占領されたことには、大きな意味があった。島々にアメリカ軍の飛行場が建設され、日本本土のあらゆる都市が、アメリカの大型爆撃機B29の飛行圏内に入ったのである。

それが昭和十九年。国民学校初等科一年生の夏のことであった。

一年生の二学期頃になると、学校に目に見える変化が生まれた。毎週のように転校生が一人、二人と入ってきて子どもたちの数が増え、教室が満杯になっていったのだ。転入してきたのは、都会から疎開してきた子どもたちだった。

朝、先生に連れられて転校生が教室に入ってくる。居並ぶ村の子どもたちの視線を一身に集め、どこか不安げな顔。

前に立った先生が口を開く。

「東京のほうから新しく転入してきた○○君です」

転校生についての先生の紹介は、いつも、そっけないほど手短に済まされた。当人に挨拶するようにうながして、先生の話は終わり。先生の口から、「疎開」というものの意味について語られることはなかった。

だが、一足先に疎開してきた子どもから話を聞くこともあれば、大人同士の会話を小耳にはさむこともある。だから子どもたちのほうは、事情を察していた。

都会に居続けたのでは、やがて空襲に遭い、家が焼かれてしまうかもしれない。その難を逃れるため、都会の子どもたちは親戚を頼ってこの村に来たのだ。

太平洋戦争末期、国を挙げて実施された「疎開」について、今の若い世代の方々が持つ知識は限られているはずだ。学校で教わった方などは、「疎開」と聞くと、子どもたちが集団で寝起きした「学童集団疎開」を思い浮かべるかもしれない。

だが、多良村で子ども時代の私に鮮烈な印象を残したのは、「縁故疎開」によって都会からやって来た子どもたちだった。「縁故疎開」はさまざまな点で「学童集団疎開」とは異なるのだが、経験者の数が多い割に語られることが大変少ない。そこで、ここでも資料の力を借りながら、戦時中に都市部の多くの子どもたちが経験した「疎開」について、おおまかに整理しておきたい。

「疎開」とは、空襲などの恐れがある場所からの人や工場などの避難だ。だが、太平洋戦争が始まった頃の日本では、都市部は死守すべき陣地であり、市民も都市を捨てて逃げてはならないという建前が幅を利かせていた。そこで、「避難」という言葉ではなく、「疎開」という言葉が用いられた。先に述べた「転進」と同じである。そのうえ、戦争が始まってからも、国民を疎開させるための政府の準備は遅れていた。

その政府が、昭和十八（一九四三）年になって、都市部の市民に子どもなどの疎開を勧めはじめた。太平洋の島々での敗北が続き、都市の空襲の危険が増したからだ。アメリカ自身も、大型爆撃機による日本本土の爆撃を公然と予告していた。事ここに至って政府も、子どもなどを地方に疎開させる方針を決めた。

そこで政府が最初に勧奨したのが、「縁故疎開」だ。都市で暮らす人が、いわば自己責任で地方の実家などの縁故を頼り、母親と子ども、高齢者といった家族の受け入れ先を見つける。疎開した子どもたちは、疎開先の学校に転入する。地元の子どもたちに交じって勉強するのだ。

だが、個人が疎開先を見つけることじたい簡単ではなかった。まず、地方といえども、手狭な家、家族の多い家では、よその家族を寝泊まりさせてやれる余裕はない。そのうえ食料の調達も難しい。後に述べるが、戦時中の都市部ではさまざまな食料品が配給制だった。だが、多良村もそうだったように、農山村は野菜や味噌、醤油などを自給している。だから農山村では、これらの食料の配給はない。つまり、都市部の人が農村部に疎開した場合、食料配給は期待できないのだ。昭和十九（一九四四）年には、当時の東京都知事が「地方の方々へお願い」という声明まで発表し、地方に疎開者の受け入れを要請している。縁故疎開の実現がいかに難しく厳しいものだったかを示す証しだ。

さて、政府はこの縁故疎開の勧奨に続き、昭和十九年になると国民学校初等科児童の集団疎開を決定する。地方に縁者がいないなどの理由で、縁故疎開が困難な家庭もある。そうした家庭の児童を学校ごとに集め、教員の引率のもと、集団で農山村に送り出す「学童集団疎開」だ。受け入れ地域が割り当てられ、子どもたちは各地のお寺や学校の空き教室などに分宿した。合宿生活の場が、そのまま学習の場となるのが基本だ。親と離れた長期集団生活は辛いもので、食料の配給は貧弱。子どもたちは、栄養不足と衛生状態の悪さに苦しめられた。

この学童集団疎開での苦労は、比較的よく知られている。行政が計画し、学校単位で行われたため、記録が多く残されているからだ。いま多くの人々が「疎開」と聞くと学童集団疎開を思い浮かべるのには、そうした事情もある。

だが、昭和十九年時点で主要都市の国民学校初等科の子どもの中で縁故疎開者の割合は三十二％に達し、集団疎開の三十五％と大差ない。さらに昭和二十（一九四五）年三月になると、縁故疎開はじつに四十五％にも達する。昭和十九年十一月、ついにB29による最初の東京空襲があり、それを機に、女性や子どもを縁故疎開させる家庭が激増したのだ。

私が多良村で出会った転校生たちも、こうした縁故疎開で都会から難を逃れてやって来た疎開児童たちだった。親戚を頼り、母親に連れられてきた子どもが多いのだが、中には子どもだけ親の実家に預けられたという子もいた。

私の学級に転入した疎開児童で多かったのは、東京方面から来た子どもたちだった。だが、どの子の転入の時も、先生は東京からの疎開の理由は口にしない。「疎開」とは何なのかを説明しようとすれば、都会が空襲の危険にさらされていることを言わなければならない。「帝都」と呼ばれた日本の首都東京までもが、敵の空襲で焼き払われる可能性がある。その危機を語るということは、日本の敗色が濃いと明言することを意味する。それは許されないことだった。この時期、日本の「敗北」を連想させることは公言してはならないことであり、表向きは誰もが口をつぐんだのである。

多くを語ろうとしないのは、先生だけではなかった。うながされて自己紹介する疎開児童たちも、最初のあいさつでは言葉少なだった。

「東京から来た〇〇です」と、先ほどの先生と同じことを不安げにくり返すだけの転校生。彼らは、みんな色白で、どことなく弱々しかった。

この自己紹介の場では、泣きだす子どももいた。疎開の事情を子どもなりに察していた私は、泣きだした子どもの胸の内がわかる気がした。

父親は戦地へ行ったきり帰らず、住み慣れた街はいつ焼かれるかわからない。そうした心の中の不安を、おおっぴらに語ることはできない。見知らぬ土地に来て、心細さは一層つのる。その不安や心細さが、言葉にできないぶん、抑えきれない涙となってあふれでたのかもしれない。母親に連れられて兄弟二人で親戚の家に身を寄せることになったというアツシも、そんな泣き虫の一人だった。

しかし、こうした転校生たちを、村の子どもがいじめることはなかった。

「戦争が終わるまでの辛抱だ」

陰でそう言って慰めるなど、田舎の子どもはみな優しかった。そして、この世代の子どもたちはお互いにおおらかでもあった。転校生の中には、ずば抜けて足の速い子もいたし、人一倍聡明な子もいた。その誰もが、いつの間にか村の子たちとの遊びの輪の中へ入り、打ち解けていった。

遺骨箱

近所に住む友人ノリオの父親の戦死を知ったのは、一年生の終わり頃だった。ノリオの父親ばかりではない。戦争が激しくなり、戦死者の数は増え、遺骨が納められた骨箱が白い布に包まれて無言の帰郷をするようになった。子どもの目にも、そうした兵士たちの死が、それまで村の生活の中にあった一般の死とは違う形で扱われているのがわかった。

葬儀会社が葬儀を取り仕切る今とは違い、この当時、村で亡くなる人があると、家族や親戚の者を中心とする人々の間で葬儀を営むのが普通だった。だが、戦死者の遺骨が帰郷した際には、こうした葬儀とは別に「村葬」というものが営まれた。営まれた頻度までは覚えていないが、何人かの戦死者を取りまとめ、彼らの御霊を祖国の英霊として崇めるため、村としての葬儀が行われたのだ。

紋付き袴《はかま》姿で正装した村長に先導され、それぞれの兵士の名を書いた花輪と遺骨が村の中を行進する。集落や水田地帯を抜け、役場のある村の中心部へ。花輪や遺骨の持ち手たちも正装し、その後には戦死者の遺族などがこれも正装で続いた。葬列に加わらない村民も沿道に出て、通り過ぎる行進に首を垂れる。

このような村葬の葬列の中に、ノリオと彼の母親の姿があった。

戦時中の日本を舞台とするドラマや映画などには、当時の日本では戦死が名誉なこととされ、遺族らは悲しむ様子を見せることが許されなかったという描写が登場する。だが、幼い私が目《ま》の当たりにしたのは、そのような建前とはまったく違う光景だった。葬列を前にして泣きくずれる村民もいれば、泣きじゃくりながら葬列を追いかける子どももいた。父を失ったノリオも、その一人だった。

だが、私が目にした悲しみの光景は、それだけではない。

村葬から数日経ったある日、悲しみの中にあったであろうノリオの母親が我が家に駆け込んできた。

「よりちゃん、よりちゃんッ」

息せき切って、庭先から私の名を呼ぶノリオの母。返事をしながら私が顔を出すと、目を赤くした彼女が半ば叫ぶように言った。

「よりちゃん、ちょっとウチに来てくれん？　ノリオが大変なことして……」

大変なこと？

事情がわからないまま、すぐに私はノリオの家に走った。

ノリオの名を呼びながら上がり込んだ家の中で、当人が立ち尽くしていた。私が目を奪われたのは、彼が立つ足元。畳一面に散らばる赤茶色の土の粒だった。

どうした？　なんだ、これ？

そう言いかけた時、私の目に別のものが映った。ノリオの足元に転げている四角い木箱、彼の父の遺骨が納められているはずの白木の骨箱だ。その蓋板が開けられて放り出され、箱はぽっかりと口を開けている。その周囲に赤茶色の土が散乱しているのを見ながら、ノリオは黙って立ち続けていた。

この光景を前にしながら、ノリオが私にどのようなことを口にしたのか、記憶に残っていない。けれども、彼の声や言葉が思い出せない代わりに、私の脳裏には今も、彼がどのような気持ちで何をして、何を見たのかが、まるで鮮明な記録フィルムのようによみがえってくる。

葬式のあと何日か経ってから、ノリオは何を思ったか仏壇にある白木の箱を開けて見る気になった。

父は本当に亡くなったのか？　中の遺骨は本当に父のものか？

子ども心に、確かめてみたいと考えたのだろう。

宝石箱でも開けるように、大事に大事に開けた白木の箱。蓋板を外し、箱の中の四角い暗がりを覗《のぞ》き込むノリオ。そこで彼の見たものは、遺骨でも、遺髪でもなく、赤茶色の土の粒だった。

彼はものも言わずに、その箱を力いっぱい畳に投げつけた。土の粒が部屋一面に散乱した。座敷の異変に気付いた彼の母が、飛んでくるなり、声も出さず茫然《ぼうぜん》と立ち尽くす。しばらくして、思いなおしたように身をかがめた母親は、我が子を叱ろうともせず、ポタポタと泪《なみだ》をこぼしながら、土の粒を拾い集めた。そんな母親に声をかけることができずに、ノリオは畳の上に立ち尽くしたまま、赤い土くれとそれを拾い集める母親の指先をただ見つめていた。

戦争で親を失くした子どもはノリオのほかにも数人いた。子どもだった当時の私たちには、そんな級友にどんな言葉をかけていいのか、言葉などかけないほうがいいのかわからなかった。

何もなかったように一緒に遊ぶ。私たちには、それしかできなかった。

途絶えた鐘の音

戦争はますます激しくなり、国中に物資が不足してきた。戦争を続けるうえでは、兵器を製造するのに必要な金属類の不足が特に深刻だった。

すでに昭和十六（一九四一）年に制定された金属類回収令という勅令（天皇の名で発せられる命令）に基づいて、さまざまな金属類の供出が強制されるようになっていた。同十八（一九四三）年にはこの勅令が強化され、金属でできている日用品は、みな家庭から消えた。金属の鍋や食器類は陶器などで代用することが求められ、回収場所として指定された役場や学校などに集められた。それればかりではない、服のボタンは色のついたガラス製、仏壇に置かれる金属製の仏具までもが、すべて陶器に置き換えられたのである。

さらに目を付けられたのは、寺の梵鐘《ぼんしょう》や神社の青銅製の狛犬《こまいぬ》、公園などに建つ各種の銅像などだ。各地で次々にこれらが取り外され、地域ごとに学校や役場などにまとめられた。供出の日、学校や役場には、周辺地域から集められた梵鐘がずらりと並んだ。多良村をはじめ近郷の村々のお寺の鐘も例外ではなかった。

我が家に近いあの極念寺の鐘も、ある日、とうとう供出されることになった。鐘楼から釣り鐘が降ろされて供出される日、境内には大勢の村人が集まった。

境内に建つ二間（約三・六メートル）四方ほどの鐘楼は、太い四本の柱で支えられていた。上に屋根がかけられ、柱の間には梁《はり》が渡されている。屋根の下の梁に吊《つ》るされた鐘は、大人二人が差し向かいで抱えてやっと手が届くぐらいの大きさだっただろうか。

時刻が来ると、極念寺の住職が鐘楼の下に立った。鐘の前に進み出た住職は合掌礼をしてから、撞木《しゅもく》の引き綱を手にした。大勢の人々が見守る中、綱が大きく引かれ、最後の鐘が突かれた。

大きく響いた鐘の音は、山間の大小の谷に分け入っていくように広がり、長いながい余韻を残した。音は小刻みに揺れながら、山村の空に向かって蒸発していく。里山の空気に残るかすかな余韻を、誰もが懸命になって聴き取り、消えゆく音を胸の中で惜しんだ。

この時、集まった人々の中にいた一人の老人が大声で泣きだした。幼な児が、だだをこねるような泣き方だった。何人かの媼《おうな》がもらい泣きしていた。

朝な夕なに、山間を響き渡っていた鐘の音が聞けなくなる。村人にとって、それはこの上なく淋しいことであり、その悲しみの深さは計りしれない。鐘の音は、まさに村の時報であった。朝は目覚まし代わりとなり、昼の鐘で午前中の農作業を終え、夕方の鐘の音で野から帰る。それが村人の生活の常であった。その鐘の音が絶え、村からは暮らしの根っこにあった時の刻みが失われてしまった。

供出された金属はすべて兵器に姿を変えるという。平和な田舎の人々の心の寄りどころでもあった鐘が弾丸になって人を殺す。私は子ども心に、どうにもならないやりきれなさを覚えた。

村から若者が消えた。徴兵され、戦地に赴いたからだ。例えば、身近なところでは徴兵による人手不足によって、各戸への新聞配達もままならなくなった。そこで、私が暮らした集落では、集落の一か所に各戸の新聞受けを並べて置いた。いわば私書箱である。その私書箱式新聞受けまではなんとか配達してもらい、あとは各戸の住人が自分の私書箱まで取りに行くのだ。

さらに深刻なのは、農村部でも米や塩などが配給になり、自由に売ることも、買うこともできなくなったことだ。

太平洋戦争に先立ち、日中戦争の最中の昭和十三（一九三八）年、国家総動員法という法律が作られた。この法律に基づいて、政府はすべての人や物を戦争遂行のために動員できるようになっていた。その一環として、昭和十五（一九四〇）年から、生活必需品の供給に配給切符制が導入された。はじめは東京や大阪といった大都市で導入され、米や味噌、醤油、塩、砂糖、マッチ、木炭などは、あらかじめ配布された通帳や切符を通じて定められた量だけが配給された。自由に売り買いできなくなったわけだ。その後、太平洋戦争の激化とともに対象品目は拡大され、制度が適用される地域も全国に広げられた。

農村部でも米や麦、砂糖や塩が配給制となった。その一方で、農家が生産物を納める供出が強化されたから、農山村でも食料事情は厳しさを増した。

先に述べたように、多くの農家では野菜を自作していたし、自家用に作り置いた味噌や醤油もあった。その点を見れば、都会に比べて農山村のほうが食べ物に恵まれていたと言えるのかもしれない。

だが、疎開してきた人たちは、このような自給自足の術を持たない。そのため、村では気の毒な光景を目にすることが増えた。疎開家族の女の人が、疎開時に持参した指輪や、着物や、帯を持って農家を訪ね歩くようになったのだ。これらの物を、農家が自家用に保存していた米や芋、味噌や醤油といった食べ物と交換してもらうためである。そうしなければ、疎開してきた人は飢えるほかなかった。

こんな光景ばかりを目の当たりにして、私の胸の内では割り切れぬ思いが膨らんでいった。戦争というのは、いわば国と国の「喧嘩《けんか》」だ。その喧嘩に勝つことがすべてと考えられ、そのために、人々はこんなにも多くの苦労を背負い込まされている。そのくせ、世間の大人は子どもの喧嘩を叱る。おかしいじゃないか。

そんなことを腹の底で思いながら、私は大人に聞いてみた。

「なぜ戦争するの？」

これに答えて、先生は言う。

「国を護《まも》り、アジアの人々と、平和な大東亜圏を作るためだ」

私は同じことを、母にも尋ねた。

母はぶっきらぼうに言った。

「そんなこと知らん」

燃えた夜空

学校の授業で、先生が子どもたちに尋ねたことがあった。

「いま、日本の兵隊さんが一番一生懸命に戦っているのはどこですか。知っている人、手を挙げなさい」

はい！　何人かの手が挙がり、指名された子は口々に答えたものだ。

「硫黄島《いおうとう》です！」、「ルソン島です！」。

どちらも、新聞やラジオで激戦が報じられていた島だ。だが、いまや海のかなたの島だけではなく、振り仰ぐ空もまた、戦場になろうとしていた。

もうずいぶん前から、夜になると電灯には黒い布が被せられていた。真下の床面しか照らさないようにして、外に光が洩《も》れ出るのを防ぐ灯火管制。夜間に飛来した敵機が、町や村のありかを察知できないようにするための工夫だ。

しばらくすると、今度は村の家や蔵の白壁が黒く塗り替えられた。地域によって塗料の種類はさまざまで、墨が塗られることもあれば特殊な肥料が塗られることもあったようだ。これもまた、少しでも家屋が上空から見つけられにくくするための苦肉の策だった。

相変わらず、ラジオ放送の大本営発表だけは威勢がよく、日本軍の戦果ばかりを強調していた。それだけ勝っているのなら、どうして電灯は黒い布を被せられ、白壁は黒壁に姿を変えるのだろう。なぜ敵の飛行機が日本本土の上空にまでやってきて、爆弾を落とすことができるのだろう。素直に考えれば、日本の敗色がいよいよ濃くなっていることは子どもの目にもはっきりしていた。


間もなく、田舎にも空襲警報が発令されるようになった。子どもたちは、サイレンが鳴ると、授業をほったらかしにして、学校からばらばらに逃げ帰ることになった。学校に防空壕も掘られてはいたが、私たちがその中に避難したことはない。空襲警報が鳴ったらすぐに下校するようにと、前々から先生に言い含められていたのだ。

空襲というものの怖さは、大人たちの会話から少しずつ洩れ伝わっていた。目立つところを逃げたのでは、上空の敵機に見つけられて機銃掃射を浴びて殺されてしまうぞと言われた。汽車が機銃掃射を受け、何人もの人が犠牲になったという話も聞いた。この種の話を知っていた子どもたちは、山の懐の木立などに身を隠すようにしながら家までの道を小走りで帰った。

幸いなことに、多良村が直接の空襲被害を受けることはなかった。実際の空襲に遭わずに済んだ私には、代わりに珍妙な思い出が残る。学校で経験した、ある日の空襲警報のことだ。

この当時、学校で先生の言うことをきかない子どもは、罰として水を汲んだバケツを持って廊下に立たされた。その頃の男の子たちは、喧嘩ばかり。取っ組み合いをしてはけろりと仲直りするという日々、先生の「廊下に立ってなさい！」はお仕置きの定番だった。

その日、何をしでかしたのか、私もバケツを持って廊下に立たされていた。ぽつねんと立つ廊下には、教室から先生や級友たちの声が洩れ聞こえてくる。それを何となく聞いている耳に、突然、村中に響き渡るサイレン音が飛び込んできた。

畳みかけてくるかのような、ウー、ウー、ウー、という音。何度も何度もせりあがり、不安を掻《か》き立てる空襲警報。

その音を聞くなり、私はぶら下げていた水入りバケツを足元に置いた。空襲警報が鳴ったら即座に下校、お仕置きは終わりだ。行儀よく突っ立っている場合ではない。さっさと他の子たちに交じり、学校を後にして駆け出したのだった。

だが、笑い話で済んだ村から山地をひとまたぎした向こうの都市では、鳴り響く空襲警報に続けて凄まじい被害が出ることになった。

ある夜、村人が騒がしいので外に出てみると、はるか北の空をB29らしい爆撃機が西から東に飛んでいくのが見えた。鈴鹿山脈北端のさらに先、伊吹山《いぶきやま》の手前を西から東へ。ちょうど関ヶ原の上空あたりを飛ぶ編隊は、山並みに隠れたかと思うと、次に養老山地が途切れる北端で再び姿を見せて濃尾平野のほうへ。

遠い山並みの間隙を、次々に西から東へと横切っていく飛行機の群れ。はるか遠くから見ているのに、群れの一つひとつの機影が小さいながらも見分けられた。「超空の要塞」という異名で知られた大型爆撃機B29に違いなかった。

爆撃機の編隊に向かって、地上から何本もの光の帯が伸びていた。地上のサーチライトが、上空の爆撃機を捕えようとしているのだ。照らされた爆撃機を高射砲が撃ち落とそうとするが、砲弾が届かない。舞い上がった火の玉が途中で弾けてしまったその上を、爆撃機の編隊は悠々と飛び続けているように見えた。

そのうちに爆撃機から、雨が降り注ぐように光の筋が落下する。少し経って空がまっ赤に染まる。おびただしい数の爆弾が投下されたに違いなかった。生まれてはじめて、空が燃えるのを見た。

燃えているのは北東の空。子どもにもはっきりとわかった。多良村から北東二十キロ先には大垣市があり、三十五キロ先には岐阜市がある。岐阜か大垣の街が、大量の焼夷弾《しょういだん》を落とされて燃え上がっているのだ。

県史によれば、「岐阜空襲」として知られる大空襲があったのは、昭和二十（一九四五）年の七月九日夜のことだ。熊野灘上空から侵入した約百三十機のB29は関ヶ原上空を東進し、岐阜市に大量の焼夷弾を投下した。空襲直後には、黒焦げの死体や火災で窒息死した人の死体が道路や防空壕に散乱し、長良川には多数の焼死体が浮いたという。この一回の空襲で亡くなった方は八百人、負傷者は千人を超えた。全焼家屋は二万戸余りに上り、岐阜の市街地の八割が壊滅した。

後年、戦争が終わって数年後、私は何かの用事で岐阜を訪れた。この時、岐阜駅に降り立つなり息を呑《の》んだ。数キロ先まで視界を遮るものがなく、街全体が荒野なのだ。はるか先に、一つだけ大きな建物が見えた。繁華街として知られた柳ヶ瀬《やながせ》地区の「丸物《まるぶつ》」という百貨店の建物だった。焼け残ったその巨大な残骸が、空襲の生き証人のように荒野と化した市街地を見渡していた。

そんな夜が、何日も続いた。それは敗戦の前ぶれでもあった。

ある晩、私は友だち数人と誘いあわせ、大人たちの軍事訓練を見に出かけた。戦争末期のこの時期、「本土決戦」が近いと言われ、四十代半ばの男性は在郷軍人（現役を退いて地域で生業を営んでいる軍人のこと）の指揮のもと、毎夜軍事訓練をさせられていた。それを見に行こうというのだ。

だが、村の大人たちの「軍事訓練」の中には、機関銃も小銃も登場しなかった。大人たちが手にしているのは、竹の先をとがらせて槍《やり》にみたてた竹槍。その竹槍を構えた先には、藁人形が置かれている。

「えい、やあ！」

勇ましいかけ声と共に、竹槍で藁人形を突きさす。それが軍事訓練と呼ばれるものの中身だった。

その訓練の様子を見ながら、子ども心に思った。

こんなことをしている間にも、上から爆弾が降ってくるかもしれないじゃないか。すぐ近くの都会が焼け野原になっていくというのに、こんなことをしていて、米英に勝てるわけがない。

かぼちゃの花

昭和二十（一九四五）年八月六日、広島に原子爆弾が落ちた。一日置いた八日の新聞には、「広島へ敵新型爆弾」という大見出しが載った。「相当の被害、詳細は目下調査中」「落下傘つき　空中で破裂」「人道を無視する惨虐な新爆弾」。

三日置いて、八月九日には長崎にも……。

八月十五日、すっきり晴れ渡り、山の向こうに入道雲が広がっていた。隣の生垣に咲く朝顔がいつもと違って数えきれないほどで、なぜか、赤、紫、白の花々があざやかに見えた。

戦時中に夏休みはなく、子どもたちはこの日も登校していた。正午になると、全校児童が校庭に集められた。太陽がギラギラと照りつけ、じっとしているだけでも汗が噴き出してきたが、私たちは土の上に正座させられた。「玉音放送」を聞くためである。天皇陛下の肉声が流される放送のことだ。

ラジオは雑音が多く、はっきり聞きとれなかったが、陛下の、「たえがたきをたえ、しのびがたきをしのび」、「たいへいをひらかんとほっす」の声は聞こえた。

これに先立つ七月二十六日、アメリカ、イギリス、中国は、連名で日本に降伏を迫るポツダム宣言を発し、少し後にソビエト連邦（現在のロシア。「ソ連」と呼ばれた）も宣言に加わる。「連合国」と呼ばれたこれらの国々による宣言は、日本に武装解除と非軍事国化、民主化、国際社会への復帰等を求め、連合国が日本を占領することも述べていた。もし宣言を受諾しないのなら、日本と日本軍を壊滅させるという。要するにこの宣言は、日本に対する最後通牒《つうちょう》だった。

当初、日本の政府はこの宣言を黙殺した。だが、八月には先に述べたように二発の原子爆弾を投下され、投下直後だけでも広島で九万人、長崎で五万人もの人が亡くなった。人類史上未曾有《みぞう》の大被害を目の当たりにして、政府もようやく宣言の受諾を決定した。

　ポツダム宣言の受諾は、日本の降伏、つまり敗北を意味する。そのことを全国民に伝えるため、天皇陛下はラジオ放送を通じて「終戦の詔書」と呼ばれる文書を朗読された。天皇陛下がラジオで国民に何かを語るなど、例のないことだ。その音声を流した放送が、私が炎天下で聞いた玉音放送である。

「朕深く世界の大勢と帝国の現状とに鑑み、非常の措置をもって時局を収拾せんと欲し、ここに忠良なる爾臣民に告ぐ。朕は帝国政府をして、米英支蘇四国に対し、その共同宣言を受諾する旨通告せしめたり」

　このように始まる言葉は難解で、たとえラジオがうまく聞こえても、当時の私に意味はわからなかっただろう。詔書は、戦況が不利であること、敵の新型爆弾による被害が計りしれないことなどを挙げ、ポツダム宣言の受諾を説明している。それに続くのは、戦場や戦災での犠牲や人々の苦労への心痛の念と、今後予想される苦難の大きさだ。その後に、私があの日かろうじて聞き取った一節が続く。

「然れども朕は時運の趨《おもむ》く所、堪え難きを堪え、忍び難きを忍び、もって万世の為に太平を開かんと欲す」

日本は戦争に敗けた。信じられないことが起こった。

いや、そうでもなかった。沖縄が占領され、日本中の大都会が焼きつくされた。大人も子どもも、敗けることはわかっていて、口に出さなかっただけであろう。

だが、それでも自分の国が戦争に敗けるというのは、やはり大変なことなのかもしれない。それを私に実感させたのは、玉音放送そのものではなかった。

放送が終わった後、校長先生が朝礼台に上がった。私たち子どもにとって、世の中で誰よりも怖かった人だ。顔を覚えてはいなくても、とにかく怖い顔をしていたということだけは今もはっきり覚えている。

その先生が台に上がるなり、叫ぶような声を腹の底から絞り出した。

「日本は戦争に敗けた！」

校長先生はこう言うと、そのまま大声で男泣きし、崩れるように朝礼台の上に倒れられた。その姿は、あの日から八十年近くたった今も脳裏から消えない。

常に威厳があり、畏怖の対象でもあった校長先生。その人が満座の子どもたちの前で崩れ落ち、号泣している。その姿を目の当たりにした時の衝撃こそ、私が実感した「敗戦」

だった。

もちろん、戦争に敗けたことが、世の中にとってどのような意味を持つのか、暮らしをどのように変えるのか、本当のところは八歳の私にはわからなかった。

日本の国はなくなってしまうのか？　いやいやそんなことはないだろう。もう誰も戦場へ行かなくていい。家が焼かれることもない。早く終わってよかったのかもしれない、とも考えた。ある友は、「国がなくなるから、もう勉強しなくていいのじゃないか？」とまで言った。

その日、家へ帰ると、敗戦を知った父母をはじめ、村落の人たちは、物も言えないほど打ちひしがれていた。子どもから見ても、この村落に明日は来ないのではないかと思えるほど、腑抜《ふぬ》けのようになってしまっていた。

それにしても、戦争に息子をうばわれた親、夫をうばわれた若い妻、親をうばわれた子どもたちはどうすればいいのか。住む所を焼かれた人たちはどうするのか。戦争っていったい何なのか。なぜ起こるのか。自問自答してみるが、幼い私には何もわからなかった。

前の畑には、まだ衰えていない、青々としたかぼちゃの蔓《つる》が伸び、葉が茂り、いくつもの雄花が天に向いて咲いていた。その黄色い花が陽光をはね返し、眼が痛いほどまぶしかった。

その夜からB29の爆音も聞こえず、静かな夜が返ってきた。電灯を覆っていた黒い布もはずれ、部屋の中が急に明るくなったような気がした。ラジオから軍艦マーチも流れなくなり、アナウンサーの声に力みがなくなり、平常な、落ち着いた声になった。心の底で、ほっとしたのを覚えている。


それから少し経って、村で大変な騒動が起こった。

極念寺の鐘楼の梁に縄をかけて、何かしようとしている老人を友が見つけて、住職を呼びに行った。鐘が供出される時、大声で泣いたあの老人だった。住職の叫び声で何人かの村人が集まってきた。その場には、境内で遊んでいた私たち子どももいた。その前で、老人は首を吊ろうとしていたのだ。

老人のか細い声が聞こえた。

「息子は死んだ。戦争には敗けた。もう生きていても仕方がない」

弱い声でこう言い続ける老人は、柱にしがみついて、鐘楼から降りようとしなかったが、大勢に抱きかかえられて降ろされた。

何を思ったか、日頃は温厚な住職が、老人の頬をひっぱたいた。

「死んでどうする。息子に逢えるとでも思っているのか?」

その声は鋭く、いつも穏やかに読経している人と同じ人の声とはとても思えなかった。

老人は、ひざまずいてあやまったが、「すみません。すみません」と言うのがやっとだった。集まった人々は、その姿を見て涙を流した。気がつくと、私も訳のわからぬまま、泣きじゃくっていた。

その頃、村や地区こそ違うものの、前途を悲観して首を吊った人がいるというような話はしばしば大人たちの間でささやかれていた。そのような悲劇の話は、子どもたちの耳にも入っていた。

戦争中は、「勝つため」という、ただそれだけのために、多くの人の命やたくさんの物が捧げられた。それらすべての犠牲の取り返しはつかず、国さえもそれをあがなうことはできない。とりわけ、一家を支える大黒柱を失った人々は、この先どのようにして生きていけばいいのかと絶望するのは当然だった。

その持って行き場のないやるせなさは子どもにも伝わり、私の胸には言いようのない悲しみがあふれかえった。泣きながら天を仰いだ。

空は青く、まだ陽光はまぶしく、雲の峰がいくつも立っていた。

そんな騒動はあったが、村落には平穏な日々が続いていた。深い悲しみと平穏な生活とが入り交じり、まだら模様のようになって里を覆った。米兵に若い女性はみんな連れていかれるとか、生き残った若者は皆殺しにされるとか、数多のデマが流れたが、そんなこともなかった。

稲穂が波うち、里山が装うのもすぐそこ、平和なはじめての秋も間近であった。

第二章　まずしき戦後

黒塗りの教科書

おぼろげな記憶をたどると、終戦以後も私たちは国民学校に通い続けたが、教わる中身は大きく変わった。先生たちが話すことも百八十度変わった。それまで先生たちは、皇国への忠義と戦争勝利のための鍛錬を「少国民」に求めた。ところが、戦争が終わると、こぞって「平和」や「民主主義」を口にしはじめた。気が付くと、講堂の正面に掲げられていた天皇陛下の写真も外されていた。儀式のたびの皇居遥拝も、終戦を境にして行われなくなった。

困ったのは国語の教科書。いたるところが黒く塗られ、読んでいても、全く意味がわからなかった。あらゆる教科書の中から、「大日本帝国」の文字は消えてなくなってしまった。

県史には、この頃の岐阜県の学校教育の様子を物語る、「終戦ニ伴フ教科用図書取扱方ニ関スル件通牒」という文書が掲載されている。驚いたことにその文書を保管していたのは、私が通っていた多良小学校（旧多良国民学校）だという。

文書は南濃地方事務所長が管内の各学校長に宛て、昭和二十（一九四五）年十月三日付で出した通達だ。「連合軍指令ニ関スル教育改革文書綴」という一連の文書の一部だから、通達のおおもとはマッカーサー司令官の名とともに知られるＧＨＱ（連合国軍最高司令官総司令部）だ。

現代語に直してまとめなおすと、文書は冒頭で、学校長以下の先生たちに次のようなことを求めている。

〈これまで青年学校や国民学校で使われていた教科書は、指示があるまで使用を継続して差し支えないが、「終戦の詔書」の精神に照らして不適当な教材はすべてまたは一部を削除したり、取り扱いを慎重にしたりするなど、万全の注意を払ってほしい。〉

削除や取扱注意になる内容というのは、国防や軍備を強調した教材、戦意高揚に関する教材、国際の和親を妨げる恐れのある教材など。同じ文書の終わりのほうでは、特に国語の教科書について、削除や取扱注意が必要な項目の具体例が挙げられている。その中で私が手にしたはずの『初等科国語二』を見てみる。すると、教科書に載った「神の剣」「潜水艦」「南洋」「映画」「軍旗」「いもん袋」「三勇士」などのお話が、要注意の箇所として書き出されている。戦地の兵士を称えたり、国民の戦意を鼓舞したりする内容の箇所ばかりだ。

もちろん、子どもたちはこんな通達のことなど知らないが、教科書のあちこちが墨で黒塗りにされた。それが先生自身の手によって塗られたのだったか、子どもたちが先生に指示されて塗ったのかまでは覚えていない。どちらにしても、私たちが机の上で開いた国語の教科書はあちこちが真っ黒。そのような教材を基にして授業を行うのだから、当時の先生たちの苦労は並大抵ではなかったはずだ。

先生に質問しても、しどろもどろ。教わるほうより、教えるほうがずっと大変だったように思う。それでも、先生は、何とか黒塗りの部分の文章を作りなおしながら、一生懸命授業を進められた。

にぎり飯

変わったのは教科書だけではない。田舎でも、ものすごい食料難の時代が始まろうとしていた。肥料不足で米収穫は半減したにもかかわらず、強制的に供出させられ、農家でさえも米不足は半端ではなかった。

多良村の山間の棚田は、湧き水を源泉とする渓流から水を引いて耕作していた。だから実った米の味は平地の米よりも良かった代わりに、水温が低いために収量が限られていた。今のような優れた耐寒品種の米もまだなかった。そのような制約を少しでも補うために、どの農家も手間を惜しまず草取りなどに精を出していたし、ていねいに肥料をほどこしていた。そのおかげで、多良村でも平年なら、一反あたり十俵弱の収穫を見込むことができた。ところが、終戦の頃、収量が一反あたり四俵か五俵にまで減ってしまった。戦争の影響で化学肥料が不足し、収量に大きく響いたのである。

もともと日本の農業は、農家が田畑に多くの手をかけると同時に積極的に肥料を施すことで収量を維持していた。我が家も家の前の畑には下肥を使っても、水田には化学肥料を使った。すでに化学肥料は、収量を維持するためにはなくてはならないものになっていたのだ。だが、このような農業にとって、戦争はとてつもなく大きな打撃となる。

まず、徴兵や軍需工場などへの戦時動員の結果、若い男性労働力が大きく減った農山村が多かった。労働力不足を補うために欠かせない農機具の供給も、軍需品の生産が優先される中で不足しがちになった。お寺の鐘まで供出されたぐらいだから、金属を多用する農機具の生産も犠牲にされたわけだ。

そして、農業生産量の維持にはなくてはならない化学肥料が減った。化学工業が火薬などの製造に振り向けられたり、原料の供給が滞ったりしたために生産量が減ったのだ。戦争末期には多くの工場が空襲で破壊され、そのことも農機具や化学肥料をますます不足させた。

こうして、戦争による打撃を受けた日本の農業生産力は、全国的に大幅に低下する。例えば、昭和八（一九三三）年には一千万トンを超えた米の生産量は太平洋戦争中に激減し、昭和二十年にはわずか五百八十二万トンしか収穫できないという大凶作だった。しかも、終戦に伴って、戦地から兵士たちが復員してくる。それは喜ぶべきことだが、大凶作の中での人口増は食料不足を一層深刻にした。

そうなると、国民一人ひとりに割り当てる食料の配給量を減らすしかなくなる。終戦直前、政府は食料配給基準を引き下げた。おまけに配給時には麦、イモ類、豆かす、トウモロコシなどの代用食が混入され、混入割合は徐々に増した。

これらのせいで、国民一人当たりのカロリー摂取量は大きく低下した。太平洋戦争前、一人の摂取量は一日二千キロカロリー。終戦直後、それが七割程度にまで減った。終戦直後の日本人の栄養状態は、飢餓水準にまで落ち込んだのだ。

各地で配給の遅配もひんぱんに起きた。一度遅配になると、それは結局埋め合わせることなく終わったから実際には「欠配」になった。これによって飢餓はますます激化し、都市部では餓死者まで出た。配給だけで生きてゆけなくなった都市部の人々の間では、物やお金と引き換えに農家から密かに米などを分けてもらう闇取引に走る人も増えた。

こうした都市部の飢餓に比べればましだったとはいえ、農山村でも食料不足は深刻化する。

昭和十五（一九四〇）年以来、全国の農家は収穫した米や麦、イモ類などを、政府が決めた割り当て量に応じて供出することを義務付けられていた。我が家でも収穫した米などは俵に入れ、それを村の集積所に供出していた。供出した残りは農家の保有が認められたが、戦時中は供出が強化されて保有量は抑えられた。

終戦を境にして戦時中の厳しい供出割り当ては緩和されたものの、今度は昭和二十年には米、次いで翌二十一年は麦の凶作。そのうえ、政府は割り当てどおりに供出しない農家への強権発動や闇取引への罰則の強化を打ち出した。こうして生産を担う農家もまた、配給食料の減少と、凶作の中での供出とに苦しめられた。農山村の人々も、戦時中以上の食料不足に陥ったのだ。

飢えは誰にとっても辛いものだが、とりわけ辛く苦しい思いをしたのは育ち盛りの子どもたちだった。

ご飯の中に、大麦はもちろんのこと、大根やその葉、リョウブという木の若芽、さつま芋、小麦等が交じるのがあたりまえになった。リョウブの若芽は、古くから飢饉《ききん》の時に食べられてきた救荒植物の一つだ。米にこれらを交ぜて増量したご飯は味付けもなく、現代人の食卓に上る炊き込みご飯などとはまったく違う。おかずと言えば味噌汁と菜っ葉。あとは買ってきた豆腐や油揚げ、ちくわが食卓に上ればご馳走《ちそう》で、肉はもとより魚さえも口にする機会はほとんどなかった。

ご飯を準備できない時には、さつま芋、かぼちゃ、水団《すいとん》、なべ焼き等が主食代わりになった。水団は水で溶いた小麦粉を汁に落として団子状にして食べるものだが、出汁も取らず具材もないものが珍しくなかった。なべ焼きというのは、これも小麦粉に砂糖の代用品だったサッカリンを入れ、水で練ってフライパンで焼いたものだ。

このような食事でも、私たち農家の子どもは口に入れるものがあるだけましだった。これらを食べれば私たちの腹はどうにか満たされた。だが、すぐ後で述べるように疎開児たちは食事抜きがしょっちゅうで、いつも空腹に耐えていた。自分は食べられるだけで幸せなのだ。子どもなりにそう思うから、私は何が交ざったご飯でも、たいていのものは文句を言わず食べた。

だが、そんな私も、小麦の入ったご飯だけは苦手だった。

小麦というのは、粉に挽いたものを麺類などに加工して食べるための穀物であり、粒のまま食べるものではない。それが米と一緒に炊かれたご飯は、大麦と一緒に米を炊きこむ麦飯とはまったくの別物で、とても飲み下すことができなかった。それでも、家で朝食や夕飯に小麦入りの飯が出された時には、味噌汁をかけてなんとか喉へ流し込んだ。ところが、ある日、その小麦の入った飯を学校で食べる弁当に持たされた。昼食時、目をつむって口の中へ押しこんだものの、小麦入り飯はどうしても喉を通っていかない。私はたまらず吐き出して、弁当箱へもどすと蓋をした。食べ終わったかのような顔をして持ち帰り、それをこっそり畑の隅に埋めた。

昼飯抜きだったから、とにかくお腹が空いて仕方ない。その畑にはきゅうりが植えられていた。まだ収穫前のほんの小さなきゅうりばかりだったが、それをかたっぱしからちぎって口に入れた。

いつも空腹だった私でさえ食べられないほど、小麦入りご飯は食べにくい代物だったのである。

時が過ぎても、ひもじい日々は変わらなかったが、遠足になると、母親たちが工夫して、にぎり飯や、玉子焼きを競うように調理して、子どもに持たせた。

はっきりした記憶ではないが、三年生の初夏の遠足では、私たちが「どうどうやま」と呼んだ村内の里山へ登ることになった。標高五百メートルぐらいだったのか八百メートルほどだったのか、とにかくそれほど高い山ではなかった。

「春の小川」、「靴が鳴る」などの童謡を唄いながら、子どもたちは嬉々として、細かな石ころだらけの山路を登った。空はまっ青、木々は早緑、ときどき鶯《うぐいす》の声が聞こえた。

頂上に着いたのは昼頃。頂上は原っぱのようになっていて、短い熊笹が緑のじゅうたんのようだった。

見下ろす村の景観は、日本一だと思えた。「く」の字が連続するように、右から左へと牧田川が蛇行《だこう》しながら流れ、左へ行くほど川幅が広くなってゆく。両岸から山裾までの平地に、穂の黄ばんだ麦畑と、紫色の蓮華畑が、不規則な市松模様を作っている。

山裾にへばりつくように、瓦屋根と藁葺きの家々が並んでいる。向かい側には、養老山地が横たわり、稜線近くではところどころに山桜が咲き残っていた。

「さあ弁当の時間だ」

先生のその一声で、子どもたちは熊笹の上へ腰を下ろし、リュックサックから、竹皮や新聞紙に包まれた母親の心づくしの弁当を取り出した。

ほとんどの子どもの弁当の中身は同じだった。麦飯のにぎり飯に、玉子焼きと大根の漬物が添えられていた。皆は食べることに一生懸命だったが、私は少し経って、疎開してきていたタカユキがいないのに気付いた。

私には何となく察しがついた。彼はみんなと同じような弁当を持ってこられなかったのかもしれない。日頃から、何人かの子が学校に弁当を持ってこないことには気付いていた。そのほとんどが疎開児童だ。タカユキもそんな子の一人だったから、もしかしたらという予感があったのだ。

立ち上がって捜すと、タカユキはずっと離れたところで、一人ぽつんと腰を下ろしていた。私の手元には、まだおにぎりが二個残っていた。彼のそばへかけ寄り、無言でにぎり飯を差し出した。

はじめ、彼は手を出さなかった。私は言った。

「もう俺は食ったから、君、食べてくれ」

彼はおずおずと手を出し、ゆっくりとうまそうに食べはじめた。味付けは塩だけ。その頃は海苔《のり》など手に入らなかった。中には梅干が入っていただけだが、彼は本当にうまそうに食べた。

二つ目を口にした時、彼はポロッと涙をこぼした。ありがとうという言葉は出てこなかった。出せなかったのであろう。

ずっと後になってから、彼は何度も頭を下げた。

「あの時はありがとう、とてもうまかった」

あの空の青さと、熊笹の上のすわり心地。彼の言葉にならない思い。ポロッと落とした涙。どれも私にとって、忘れられない出来事である。

食料難の中、にぎり飯を一人で食べきれないほど持たせてくれた、母の心遣いも忘れられない。

それまで私は家で、学校に弁当を持ってこない子たちがいるということを、問わず語りに口にしていた。母は同じクラスにそうした疎開児たちがいることを気にかけ、この遠足の朝も、「もしや……」と思ってくれたに違いない。タカユキのような子どもがいるかもしれないから、その時は分けてやりなさい。そのように言葉に出して託されたわけではなかったが、持たせてくれた余分のにぎり飯は、他の子どもたちへの母の気遣いの証しに思える。

芋泥棒

昭和二十二（一九四七）年四月、「多良国民学校」は「多良小学校」へと改称された。直前の三月に教育基本法と学校教育法が制定され、それに基づく戦後の教育が正式に始まったのだ。

それまで日本の義務教育は、国民学校初等科（かつての尋常小学校）の六年間だけだった。その後も二年間の国民学校高等科（かつての高等小学校）で学ぶ子は比較的多かったが、これは義務教育ではなかった。

一方、新しい教育制度のもとでは、小学校六年間と中学校三年間が義務教育となった。旧制の中学や高校、大学なども改組され、三年制の高等学校、四年制の大学や二年制の短期大学などが新制で設けられた。こうして定められた新しい学校教育の枠組みは、今日まで基本的に変わりなく続いている。

国全体としても昭和二十一（一九四六）年十一月に公布された新しい憲法（「日本国憲

法」）が二十二年の五月に施行されることになっており、この年は大きな時代の変わり目でもあった。この時代の変化の中で、私もまた同年四月、新たに生まれた多良村立・多良小学校の四年生になった。

こんな具合で学校などのさまざまな制度は大きく変わったが、変わらないのは相変わらずの食料難だ。特に疎開児童たちの中には、飢えにさいなまれている子どもが多かった。縁故疎開で村にやって来た子どもたちは、自分たちの食料を持参して逗留《とうりゅう》しているわけではないから、身を寄せた家庭で食べさせてもらう以外にない。母親に連れられて疎開している子たちの場合、母親が装身具や衣類を持って農家を回り、いくらかの米や芋を手に入れてくるということもあり得た。だが、親元を離れて子どもだけで他人の家に預けられた場合、食べさせてもらえるかどうかは、受け入れ先のいわば腹一つにかかっていた。

戦争のさなかに始まった疎開生活は、終戦後になっても長引いている。そのうえ、田舎の食料事情は、戦争が終わってからむしろ悪くなった。そうなると、縁故疎開を引き受けた家庭といえども、まずは自分たち家族の腹を満たすことを優先せざるを得ない。よそから来た子どもに与える分は後回し。お盆や正月に親戚の子が遊びに来るのとは、わけが違うのだ。疎開児が悪いわけではないとはわかっていても、食料難が厳しくなればなるほど、「いつになったら都会へ帰ってくれるのだ」という思いを抱く人もいたことだろう。

一方、肩身の狭い思いで逗留している疎開児童にとって、疎開先の親戚は自分の親ではない。甘えることも、文句を言うこともできない。子どもは子どもなりに、自分の立場をちゃんと知っている。大人以上に敏感だったかもしれない。だから、彼らは自分の食い分を減らされても文句を言わず、飢えの辛さにただ黙って耐えるほかなかった。戦争そのものは終わっても、その傷痕は、こうして一番弱い子どもたちにしわ寄せされた。

東京から疎開してきたリョウタは私の遠縁にあたり、疎開先も我が家の近くであった。彼は私より二歳年上で、やはりいつもお腹を空かせていた。ある日、一緒に下校していて、リョウタが倒れそうになったことがある。彼もまた、弁当を食べていなかったらしい。肩を貸し、我が家につれてきた私は、仕方なくお櫃《ひつ》に残っていた麦飯に、味噌汁、沢庵《たくあん》だけでご飯を食べさせた。たいていの日中は両親とも野良仕事で出ていたから、見とがめられることはなかった。喜んで食べたリョウタであったが、話はそれで終わらなかった。そのうちに一週間に二回も、三回も我が家に寄るようになったのだ。

私はお櫃の飯が減るのを見て、親にバレてしまわないかとひやひやしていた。おそらく母はすぐに気付いていただろうが、しばらくの間は、知らぬふりをしてくれていた。だが、櫃の底が見えるまで食べられるに及んで、さすがの母も見て見ぬふりはできなくなった。我が家だって、食料難なのだ。

「ご飯が減っているなあ」、「おかしいなあ、誰かが茶碗を使っているなあ」。

母がそんなことを、わざわざ聞こえるように口にしだしたのは、私に対する警告に違いなかった。

これはもうだめだ、バレてる。

そう思った私は、このことをリョウタに話した。リョウタは困ったような顔をしてすねていたが、それ以後、我が家に寄りつかなくなった。私としてはこれでひと安心だったが、そうなったらなったで、やはり彼のことが気になっていた。

それから一か月ほど経った頃、リョウタはまた下校中に倒れかけ、うわ言のように「腹がへった」をくり返した。

我が家へ連れ帰って、叱られるのを覚悟でご飯を食べさせるのは簡単だが、同じことのくり返しになるだけだから、そういうわけにもいかない。

考えに考え抜いた末、さつま芋を掘りに行くことにした。

さつま芋は、畝を作って植えてある。その畝の下部を手で掘れば、芋が出てくるはずである。鍬《すき》を使う必要はない。悪く言えば芋泥棒をするのだ。芋を掘り出したあとを埋め戻せば、見つかることはない。我が家の畑は近くにある。自分の家の畑だから、罪にはなるまい。

私はリョウタを連れて、畑へすっ飛んでいった。

芋の蔓を掻き分け、畝の下部をおもむろに手で掘っていくと、三回か四回ほど土を掻き出したところで硬いものに突き当たった。紫の細長い、こぢんまりとした、まさにさつま芋が出てきた。

一株にいくつも付いていたが、全部掘り出してしまうわけには行かない。そんなことをすれば、収穫の時期、父にばれてしまう。一株からは、せいぜい一個か二個、全部で五、六個ほどをものにした。畝はもとどおり復元しておく。見破られることがないように、と。

作業をしている私の後ろで、リョウタがなにやらもぞもぞしている。ふり向くと、驚いたことに、彼は芋についた土を手で拭い、芋にかじりついていた。

よほど腹が空いていたのか、それとも、都会っ子の彼はさつま芋を生で食べられると思っていたのか。私はあっけにとられて、声も出なかった。

とにかくその場では彼をなだめ、掘り出した芋を家に持ち帰ると、七輪に炭火をおこした。焚き付け用の杉の葉にマッチで火を付け、その上に炭を載せて火をおこす。こうして火が入った七輪に、水を張った鍋を置いた。塩を少々入れ、芋を茹《ゆ》ではじめた。両親の帰りが遅い時などは、私が煮炊きを引き受けている。だから、芋を煮るなどわけないことだった。

箸で突き刺して茹で工合を見るのだが、リョウタは少しくらい固くてもいいから早く食べさせよとせがむ。

「まてまて」

はやる彼の手を、私は手で押さえながら、待つことおよそ十五分。ようやく茹で上がった芋を、まずリョウタに食べさせた。

彼は、「あつい、あつい」と言って息を吹きかけながら、あっという間に二個をたいらげた。私も一個食べると、残りの芋は新聞紙に包んで持ち帰らせた。

そんなことが、何回も続き、私は芋泥棒のベテランになった。これも鍋を使っているから、母には悟られていただろうが、最後まで何も言われずに済んだ。

それから少し経って、弁当を持たせてもらえるようになったのか、リョウタの「腹へった」の口癖はなくなった。

リョウタとの忘れられない思い出は、もう一つある。運動会の思い出だ。記憶が定かではないが、戦後はじめて運動会が行われたのは、私が四年生、リョウタが六年生の秋だったように思う。国民学校が小学校に衣替えした年だ。村内に完成したばかりの中学校のグラウンドで開かれた、新制の小中学校合同での運動会。娯楽が何もなかった時代。運動会は村をあげてのイベントであった。

村中の人々が朝早くから筵を持って集まり、地域ごとに陣取って座った。始まる前からグラウンドの周囲は村人たちで超満員。わいわいがやがや、大変な盛り上がりようだった。

当時は、魚も肉も手に入らなかったが、竹輪や油揚げくらいは買うことができた。油揚げで稲荷ずしを作ったり、人参に牛蒡《ごぼう》、油揚げ、竹輪を入れたちらしずしを作ったりして、玉子焼きを添えて重箱に詰めた。準備された弁当は、当時としては超豪華版だ。この頃の運動会では、こうして家ごとに持ち寄った豪華なお弁当を、家族ごとに親子そろって一緒に食べることができた。こうなると、学校行事というより、もう完全にお祭りの気分である。

　ベソをかいていたのはリョウタ。そんなことは、とても望めないと言っていた。母はとっくに心得ていて、彼の分の弁当もこしらえ、一緒に持ってきてくれていた。喜んだ彼は、その場では私たち家族の一員になった。私と二年生の弟、学齢前の妹、それに母とリョウタ。稲荷《いなり》ずしやちらしずしをほおばるリョウタの嬉々とした顔は、今も忘れることができない。

　村人の力が一番入るのは、地区対抗リレーであった。小学一年生から中学三年までが地区ごとにチームを作り、バトンを継いで走る。鈍足の私は、ひょんなことから一年下の三年の部で走ることになった。地区に三年生の子がいなかったため、代役として四年生の私が走ったのだ。三人、四人と牛蒡抜きをしてみせ、応援する地区の人々は拍手喝采。ヒーローになって気分爽快だったが、後に上級学年の子が代役で走ったことが問題となり、次の年からNGとなった。

　運動会が終わってすぐに、リョウタは東京へ帰っていった。終戦の時から数えても二年余り。戦中から続いた、彼の長いながい疎開生活がようやく終わる。母が父に内緒で、新米をリョウタのリュックサックいっぱいに詰めてやっていた。

リョウタは何度も頭を下げ、ひとりバスの停留所まで歩いていったが、その後ろ姿が、寂しそうでもあり、嬉しさでおどっているようでもあった。

チョコレート

子どもたちは、一年中ひもじい思いをしていたが、農繁期以外は、屋外を元気にとび廻っていた。現在のようにパソコンでゲームをする子どもとは大違い。学習塾などというものの名も知らなかった。ラジオでは娯楽性のある番組も生まれていたようだが、それも熱心に聴いた記憶がない。

私も他の子どもたちも、日が昇ってから暗くなるまでの間、寸暇を惜しむようにして遊んだ。終戦後は集団登校となり、極念寺と神社の間の広場が子どもたちの集合場所となった。朝、十四、五人の子どもが集まるのだが、子どもたちが集まると、まず考えることは遊ぶことだ。ぎりぎりの時刻まで遊んでいると、通りかかった誰かの親に叱られ、慌てて学校に向かうのが毎朝のことだった。

当時の遊びはどれを取っても、自分たち自身が体を動かすものばかりだ。糸をグルグル巻きにしたボールと棒切れのバットでの「三角ベース」、「缶蹴り」、「陣取り合戦」、「独楽《こま》廻し」。冬になれば「おしくらまんじゅう」があり、正月には「凧あげ」があった。「チャンバラごっこ」、「ケンケンパー」、「花いちもんめ」……。女子の遊びとしては、「カゴメカゴメ」、「お手玉」、「鞠《まり》つき」、「ゴム跳び」などがあり、正月には「羽根つき」に興じていた。女の子たちならではの屋内遊びには、「おはじき」や「着せ替え人形」等。ゲームなどの機器は何一つないけれど、遊びの種類は驚くほど豊富で、挙げだしたらキリがないほどだ。


ある日、例にもれず子どもたちが村の広場をとび廻っていた折、見慣れない自動車が走ってきて近くに止まった。

自動車は角ばっていて、屋根や側面は布で覆われていた。それまで村で見かける自動車と言えば、たまに通ってくるトラックかバスぐらいだったから、子どもたちの目は珍しい形の自動車に吸い寄せられた。

私より一つか二つ上のタケオが言った。

「ジープだ！」

戦争中にアメリカで開発された、四輪駆動の小型軍用車である。

ジープから三人のアメリカ兵が降りてきた。三人とも、鉄砲を肩にかけていた。

それまで、本物の外国人と会った経験がある者はほとんどいなかった。ましてや目の前に降り立った三人は、つい最近まで日本と戦っていたアメリカの兵隊たちだ。戦争中は「鬼畜米英」などという言葉を教え込まれていた子どもたちは、みんな後ずさりをした。

終戦直後のこの時期、「米兵に連れていかれる」などといううわさも、まことしやかに語られていた。

だが、三人のアメリカ兵たちは柔和な表情で、私たちに手まねきをする。

大丈夫そうだぞ。

子どもたちの心の中では、怖さよりも好奇心が勝った。

おそるおそる近づいていくと、アメリカ兵たちは長方形の紙包みを差し出した。身ぶり手ぶりで、「これを食べてみよ」と言うのだ。

子どもたちの誰かが、手を震わせながら包みを受け取った。おぼつかない手つきで包みを開けると、中から焦げ茶色の、分厚い板状のものが出てきた。どうやらこれを「食べろ」ということらしい。

タケオが勇気を出して口にした。

「苦い！」

彼はそう言って顔をしかめたが、少し食べ進んでから顔つきが変わって一言。

「うまい！」

その声につられて、みんなが食べはじめた。茶色い板のようなものは、少し苦味があって、甘く、何とも言いようのない味がした。

私たちの日々の食事では、お米だけのご飯を口にすることすらできず、魚や肉が食卓に上ることもなかった。いつも空腹を抱えていたうえ、めったに砂糖が手に入らなかったその頃、甘いお菓子を口にすることなど夢のまた夢。それにひきかえアメリカ人は、毎日こんな菓子を食べているのか。私はうらやましいというより嫉妬の念に駆られたものだ。

どこで覚えてきたのか、タケオが言った。

「サンキュー」

するとアメリカ兵は、みんなの頭をよしよしとでも言うように撫《な》でてくれた。

私は、アメリカ人はなんて優しいんだと思った。日本はなぜこんな優しい人の国と戦争をしたのかと、子ども心にとても悲しかった。

その後、三人のアメリカ兵は、またジープに乗って、山の方向へ去っていった。タケオは、山鳥か、雉子《きじ》か、野兎《のうさぎ》を撃ちに行ったのではないかと教えてくれた。肩にかけていたのは、猟銃だったのかもしれない。

開墾

お寺の鐘の供出や生活必需品の配給の話で触れたように、戦争が激しくなると、いろいろな物資が不足した。物資の節約と調達のためにさまざまな策が講じられ、国民学校の学童もそのために動員された。

岐阜県下の各学校でも鉄くずなどの収拾のほか、茶殻の収集《しゅうしゅう》やイナゴ捕り、松根やヒガンバナの球根採りが励行されたようだ。時期は定かでないが、私もみんなと競争で捕ったイナゴや集めた茶の実を学校に持っていった。いずれも代用食料や油の原料にするためだろうが、どれだけ活用されたのかはわからない。

このほか、各地の国民学校では学童による勤労作業も多くなり、さまざまな学校で校庭の一部や空地を開墾して作物が栽培された。低学年だった私には直接の記憶がないが、多良村周辺のいくつかの国民学校ではチョマと呼ばれる植物を栽培していたようだ。チョマから作られるラミー繊維は、吸湿性と速乾性に優れ、丈夫で水に濡れるとさらに強度が増す。このため、麻などと同様、軍服やロープ、弾薬袋などの素材ともなる、いわば軍用物資であった。

終戦後も学校の校庭などでは、積極的に開墾作業がくり広げられた。だが、戦後の開墾の目的は、もっぱら食料を得ることだった。

県史によると、昭和二十二(一九四七)年七月十日、西濃地方事務所長は管内の関係機関に向けて「食糧緊急増産に関する件」という通達を出している。

「今年度食糧の不足は極めて深刻にして相当日数の計画的欠配を余儀なくさるる現状にあるに鑑みて此の際県民総決起して県内自給食糧の生産充足を期さねばならない」

こんなふうに切羽詰まった調子で始まる通達は、さつま芋や大豆、蕎麦《そば》などの作付け増産を呼びかけていた。その具体的な方法として各機関に求められたのが、農家とは別に行う「新たな作付け増産運動」だ。その用地として挙げられているのは、浸水の恐れのない河川敷や堤防、宅地、工場敷地、そして学校の校庭である。

予定地を列挙した後、通達はわざわざ〈……特に非農家、学童を対象として、増産の趣旨をよく徹底させ、強力に推進すること（現代語訳）〉という念押しまでしている。こうして「学童」つまり、私たち学校に通う子どもたちも、食料増産のための開墾に勤しむことになった。

私たちが取り組んだのは、河原の開墾だった。

授業の時間表の中には、あらかじめ二コマ続きぐらいの「作業」という時間が組み込まれていた。この「作業」が予定されている日の朝、子どもたちは家から鍬を担いで登校した。時間になると、その鍬を手に取り、学校を出て開墾の現場に向かう。近くを流れる牧田川の河川敷だ。

河川敷の小石の少ないところには、雑草が生い茂っているものだ。この草を引き抜いて耕せば、そこは農地になる。こうして作った農地で私たちが育てたのは、さつま芋と大豆であった。

さつま芋の植え付けも大豆の種まきも六月頃だから、初夏に開墾作業が始まる。作業はまず、草を抜き、小石を取り除くところから。あらかた小石を取り去ると、砂の交じった土が出てくる。持参の鍬でその土を掘り起こし、畝を作っていく。畝ができると、そこに芋の苗を植えたり、大豆を蒔《ま》いたりするわけだ。

あらかじめ、学校の校庭の一角には、芋の苗を育てる苗床が作られていた。苗床に植えた種芋から出た芽が三十センチくらいに伸びると、それを切って苗とする。切り集めた苗を河川敷の畑に運び、蔓の部分を畝に埋めていく。

一方、大豆は棒状の木片で畝に穴を空け、一粒ずつほうり込んで土をかぶせた。

農家の子どもたちにとって、こうした作業は珍しいものではなかった。幼いころから自家用の畑で親たちの仕事ぶりを見ているし、学年が上がれば田畑を手伝うのが当たり前だったからだ。今では考えられないことだが、学校から帰ってきたわが子が家で勉強などしようものなら、親は「勉強なんてしていないで、手伝え!」と叱ったものだ。

だから、農家の子どもたちは慣れたもので、どの作業も手際よくこなす。だが、疎開してきた子どもたちの手つきはぎこちなく、鍬を振り上げることすらできない。横で見ている農家の子どもたちが、さっとその鍬を取り上げて手伝ってやる。そんな光景があちこちで見られた。

「作業」の時間は、隔週ぐらいの割で設けられていた。ただ、芋苗が根づくまでは、毎日水をかけてやらなければならない。それを三、四人が交代で受け持ち、河川敷まで通った。川からじょうろで水を汲み、畝の頭から苗全体に水をかけてゆく。根づいた頃には、今度は雑草がはびこる。植え付け後の「作業」の時間では、その草取りもなかなかの重労働だった。

だが、芋の蔓が伸びて畝を覆うようになると、雑草が負ける。芋の蔓で土が見えなくなる頃には、手がかからなくなるのだ。肥料をほどこさなくても川原の土は肥沃で、九月半ばには芋も大きくなり、十月のはじめには収穫できた。

掘った芋の一部は、流木を集めて河原で焚火をし、焼芋にした。

焼き上がるのを待つ時間が、一番楽しかった。焼き上がると、農家の子どもも疎開児も、男子も女子も、みんな輪になって、焼きたての芋を、フウフウしながらの、モグモグタイムであった。

大豆は根っこごと引き抜き、学校へ持ち帰った。それを近くの農家の人々が、脱穀し、唐箕《とうみ》でさやと実を分け、乾燥させてから学校へ持ってきてくれた。唐箕というのは、穀物などを少しずつ入れた横から手回しの羽根車で風を送り、軽い殻やさやなどを飛ばして実をえり分ける農機具である。

こうして戻ってきた大豆は、ほとんどを供出したが、一部は、みんなで分け合った。炒り豆にすれば、おやつになる。食べ残った分は各自で持ち帰ってもよかったのだが、私は全部疎開児の友の手に渡した。同じことをする農家の子は、私の他に何人もいた。腫れ物扱いして優しくするのとは違うが、疎開児童たちのことを村の子たちはごく自然に気にかけていた。

疎開児童以外は大半が農家の子どもたちだし、先生も元は農家の出だった。だから農作業もある程度のことはわかったのだが、開墾作業の節目ごとに農家のカワセさんがいろいろと手伝ってくれた。このカワセさんが教室に来て、子どもたちに芋と大豆について話をしてくれたことがある。話は、「さつま芋も、大豆も、捨てる部分はなにもない」という言葉から始まった。

大豆の茎や根っこは乾燥させれば燃料になる。豆のさやも同じだ。燃やしたあとの灰は肥料となり、土地の改良にも役立つ。稲だって、藁は縄になり、藁草履にも草鞋《わらじ》にもなる。

籾摺《もみず》りで出た籾殻は、里芋やさつま芋を保存する時に使う保護材になるし、これも燃料にした後の灰は肥料となる。

芋の蔓は切り刻めば、牛馬の餌となる。特にこの頃の多良村では、牛を飼育している農家が少なくなかった。我が家にはいなかったが、家の中に牛小屋を設けていた家もある。飼われているのは役牛で、犂《すき》を引かせて田畑を耕したり、荷を運んだりする。そうした牛たちにとって、芋の蔓は貴重な餌になるというわけだ。もっとも、芋の蔓を食べたのは牛や馬だけではない。芋の蔓は人間の食材としても重宝され、少し油を落として煮るととてもうまい。

カワセさんが語る一連の話を、疎開児たちは目を丸くして聞いていたが、農家の子どもたちはおぼろげながら知っていることが多かった。農家の人々は、利用できる物は何でも使って生活していた。

皆が細々とした耐乏生活をしていたのである。

消えた鶏

終戦から間もない日本にとって、課題は食料難の克服だけではなかった。戦争によって工業や交通網、エネルギー網は徹底的に破壊された。それを復旧させ、産業経済を復興させなければ、国民が食べていくことはできない。

敗戦した昭和二十（一九四五）年の鉱工業の生産力の水準は、戦前の半分以下に激減。さらに翌二十一年になると、戦前のおよそ五分の一にまで落ち込んだ。空襲による工場の破壊、あらゆる資源の不足と人手不足によって、日本の鉱工業の生産力は途方もなく低下したのだ。

その再建のために必要なものはたくさんあるが、中でも大事なのは、当時の工業や発電などの主要燃料である石炭だ。戦時中には軍事利用のために増産が図られた日本各地の炭鉱だが、これも終戦時には生産量が激減。戦前の半分以下の生産量にまで低下していた。

そこで政府が石炭の増産に力を入れたのは当然だが、すぐに生産量は回復しない。産業が少し復活すると、たちまちそのぶん燃料不足になった。そこで、産業経済の復興のために重視されたのが「亜炭」という地下資源だった。

亜炭も広い意味では石炭の一種で、石炭と同じく太古の植物が地底で炭化したものだ。燃料としての質は劣るのだが、戦前から家庭用燃料などには利用されていた。それを産業用の燃料としても使おうというのだ。

亜炭も地下に埋もれている資源だから、石炭と同様に穴を掘って採掘された。岐阜県は一般の石炭の産出量は少ないが、可児郡御嵩町《かにみたけちょう》などの東濃《とうのう》地方、そして多良村があった養老郡には亜炭の鉱脈があった。これら各地でトンネルが掘られ、亜炭が掘り出されるようになった。これも私が小学校四年生の頃の話だ。

わが村にも亜炭を採掘する会社が、いくつもやって来た。その多くは小規模経営の会社だが、それでも土木や採掘のためには技術者や労働者、会社事務を担う人などが必要になる。石炭の生産が回復するまでのほんのいっときだが、亜炭鉱のある土地には人が集まった。

幾里山から多良村見れば

今日も炭鉱に
今日も炭鉱に煙が立つ
こりゃさのえ
手拍子揃えてみな踊れ

こんな具合に、とって付けたような盆踊り唄もできた。お盆には学校の校庭にやぐらが組まれ、村民が集まって盆踊りを踊るのだが、この亜炭景気の頃はちょっとしたにぎわいになった。

どんな伝手があったのか知らぬが、父は亜炭採掘会社の一つで、事務職として働くことになった。

「皆は穴の中に入っての仕事、俺は事務所勤め」

父はそう言って鼻高々だったが、無学で田舎者の父には重荷だったのではないかと思う。時々、本社から偉い人が来たと言って、父は家に保管してあった自家用の米や野菜を持っていった。食料不足が続いていた時期だったから、それは父なりの「接待」だったのだろう。

そんな日々の中で、子どもには、とうてい解せないことが起きた。

我が家では四、五羽の鶏を飼っていて、私や弟が餌を与えたり、夕方になると鶏小屋から出して、周囲の畑や雑草地で遊ばせたりして、世話をしていた。

外へ出すのは、土の中の昆虫の幼虫や、ミミズを食べさせるためだ。そうやってこまめに世話をするのだが、この鶏たちが産んだ卵はなかなか子どもの口には入らなかった。

母は子どもたちにいつも言った。

「卵にはいっぱい栄養があって、一人で食べると、かえって病気になる」

この理屈のおかげで、ときたま食べられる卵かけご飯も、一個を兄弟三人で分け合わなければならなかった。

「かえって病気になる」など、もちろん荒唐無稽な話だ。卵を食べたがる子どもたちに我慢させるための、それは方便だったのだろう。鶏たちが毎朝産む三、四個の卵は、もしかしたら、我が家の現金収入になっていたのかもしれない。だから、わずか一個の卵を分けて食べることは、子どもなりに納得していた。

ところが、ある日、大切な鶏が一羽いなくなってしまった。

いつものように散歩させようと、鶏小屋を覗くと、何回数えても一羽少ない。母に聞いても、言葉をにごすばかり。「父ちゃんが帰ってきたら聞いてみな」の一点張りだ。それなら、と帰宅した父に問いただした。

「神隠しにでも遭ったたんと違うか?」

父からは、そんな頓珍漢な返事がかえってきた。おまけに、普段はさほど飲まない父が、この時はプンプンと酒の匂いをさせていた。

しばらくして、あることを思い出した。そういえば、父は畑地で罠《わな》にかかった野兎を捌《さば》いたことがあった。畑に入り込んで根を荒らす野兎を捕まえるため、父はところどころにくくり罠を仕かけていた。針金で作った輪に野兎が足を突っ込むと、輪が締まって抜けられなくなる仕かけだ。ごくたまにしか獲れなかったが、罠にかかった兎は父が捌いて、その肉は家族で食べた。

その記憶に思い当たり、謎が解けた気がした。野兎を捌けるぐらいなのだから、おそらく鶏も……。いなくなった鶏は、父に捌かれてから、本社から来た偉い人の胃袋に収まったのであろう。そう気付いたのは、後になってからのことである。

それ以後、鶏たちが産む卵の数は少なくなった。やがて、産まない鶏もあらわれた。仲間の異変がわかるのか？　それとも次は自分かもしれないと感じたのか？　あるいはまた、年齢を重ねたために産めなくなったのか？

それから少し経って鶏は全部いなくなった。一週間後、同じ数のひよこが鶏小屋の中にいた。

その後、ひよこたちが育つまでの長い間、私たちにとって唯一のご馳走であった卵かけご飯は食べられなかった。

第三章　四季の中の子ども

蛍

後年、終戦直後を回想して詠んだ中に、次の一首がある。

蚊帳を吊り蛍放ちて眠りしは遥かに遠き終戦直後

今では農山村でも、蚊帳《かや》を吊る家は少なくなった。蚊帳というもの自体、知らない人も多いかもしれない。蚊などの虫は通さないが、風を通すことはできる目の細かい網、寝床周りをすっぽり覆う防虫ネットのようなものだ。日中は畳んであるが、寝る時間が来ると、上辺の紐《ひも》を部屋の長押《なげし》の釘《くぎ》などにひっかけて吊る。この網の中で横になれば、蚊に刺されることなく窓から風を入れながら眠れる。

終戦後間もない頃、私はよくこの蚊帳の中に蛍を放って眠りについた。

近所の小川にはたくさんの蛍が群生していて、捕まえるのはわけないことだった。それを持ち帰り、蚊帳の中に放つ。目の前の闇を、黄緑色の光点が音もなく漂いながら点滅する。それは美しく、神秘的でもあった。暗がりで見開いた視野の、あちらでもこちらでもくり返される、静かでひんやりとした光の明滅。私はその瞬きに吸い込まれようにしてまどろみ、いつしか瞼《まぶた》を閉じるのだった。

この蛍について、私の中には忘れることができない思い出が残る。それもまた終戦直後。村の田植えが終わりかける頃の出来事だった。

農繁期（初夏の田植えどきと、秋の稲刈りどき）になると、学校は農繁休業というお休みとなった。

当時の農作業はもっぱら人力が頼り。供出は家ごとに割り当てられており、その義務を家族の力で果たさなければならない。どの家でも大人たちは朝早くから暗くなるまで農作業に忙殺され、小学校五年生以上の子どもたちも働いた。あらゆる農家が家族総出で働いたから、学校はしばらくお休みというわけだ。

だが、その間、幼児や低学年の児童たちの面倒をみてくれる場所が必要になる。親も年長の子どもたちも農事に忙しく、幼い子どもたちの世話どころではないからだ。そこで村内各地区のお寺に、農繁期保育園が開設された。農作業をまだ手伝えない、幼児から小学校四年生までの子が保育の対象となった。

お寺が寺子屋のような臨時保育園になり、坊守さんがその園長を務めた。坊守さんというのは住職の奥さんのことで、子どもたちに遊びや勉強のほか、行儀作法まで教えてくれた。時々は住職が子どもたちにお経の唱え方を教えたり、遊び相手をしてくれたりすることもあった。園長がお昼の食事の世話をしてくれたし、この保育園の子どもたちにはおやつも出た。

この保育園が開設された農繁期も終わりに近づいた、ある日の夕暮れ時、すぐ近くの小川に蛍が飛び交っているのをカツユキが見つけた。

身近な小川に蛍がいる。それは当時の山村では珍しくもないことのはずだったが、この時ばかりは、胸に新鮮な驚きのような気持ちが宿った。

蛍は清らかな水の流れる川などで育つ。水中で幼虫期を過ごして越冬し、翌春には岸辺に上がってさなぎになる。やがて、初夏から梅雨にかけて羽化し、連れ添う伴侶を求めて光を灯す。成虫として生きられるのはせいぜい二週間だが、その間に伴侶を見つけて川の岸辺に次世代の卵を産む。こうして世代を継いできた蛍は、昔からこの地にいた。なにもこの年になって、はじめて出現したわけではない。何百年も前から、蛍たちはこの地で小さな命の光を灯し続けてきたのだ。

だが、私たちは何年もの間、その蛍の光に見向きもしていなかった。ほんの一年前の同時期、近所の小川に出て蛍を眺めようなどとした子どもなどいなかったはずだ。蛍はたくさんいるのに、誰の気持ちも誰の目も、その光には向かわなかった。当時は子どもたちの心もまた、戦争に覆いつくされていたからである。

明けても暮れても、耳に入ってくるのは戦争のことばかり。厳しい灯火管制のもと、夜の村にも押し殺したような空気が流れていた。その空気の中で、子どもたちの心にも、小さな命の営みに目を向けるゆとりはなかった。

その戦争が終わった。

あ、蛍がいる。ほんとだ、うわッ、いっぱいいる！

まるで、はじめて蛍が出現したかのような新鮮な気持ち。それは、再び小さな命を愛でられるほどに、私たちが心の自由を取り戻した証しだった。

さて、カツユキが告げた蛍の話に、疎開児のマサオが目を輝かせた。都会で生まれ育ったマサオは、まだ一度も蛍を見たことがないと言う。それを知って、一年生以上の子どもを集めて「蛍狩り」をすると言い出したのが、極念寺の娘のフキ子だった。昔も今も同じだが、子どもが何人も集まると、その集団には必ず番長らしきものができる。今風に言えば、リーダー格の子ども。私の臨時保育園だった極念寺では、年長のフキ子がその番長だった。

番長の号令一下、蛍狩りに欠かせない小道具を準備した。まずは麦藁を編んで虫かごを作る。次に、菜種を取ったあとの油菜を、竹竿《たけざお》の先にくくりつけた。飛んできた蛍を捕らえる道具だ。蛍は体が柔らかくてか弱い。しおれた油菜は柔らかいので、傷つきやすい蛍にダメージを与えない。虫かごの中には、笹を入れて止まり木とする。この笹には水をかけ、水滴をいっぱい付けた。蛍は成虫になってからは、水分だけを摂って二週間ほどの命をつなぐ。水滴はそのためのものだ。こうして準備を調え、子どもたちは蛍狩りに向かった。

今のように農薬を使っていない川の水はきれいで、岸にはたくさんの笹や芒《すすき》、蓬《よもぎ》が生い茂っていた。この上ない蛍の住みかだ。夕暮れ時、その岸辺に立って待つうちに、緑色がかった光の点が茂みを離れて漂いはじめた。

目の前に一匹、続いてまた一匹。こっちにも、あそこにも。

集まっていた私たちは、はじめは一匹、二匹と、目の前を蛍が飛び交うたびに嬉々として追っかけていた。日が暮れて時間が経つに連れ、飛び交う光の数は増してきた。すっかり暗くなってから、ふと我に返って周囲を見渡して茫然《ぼうぜん》となった。一帯にはものすごい数の蛍が乱舞している。私たち全員が、宙を漂う無数の光点に包まれているのだ。それに気付いた子どもたちは、もはや追いかけるのをやめ、乱舞する蛍の群れにしばし見とれた。

川沿いに点滅していた光の群れは、隣接する田んぼの上にまで広がり、周囲に立つ杉木の高いところに止まって光るものまでいる。蛍をはじめて見るマサオは、この光の流れを追って田の畝を走り廻り、とび上がって喜んだ。

しばらくすると、不意に蛍たちが一斉に飛ぶのをやめた。田植えが終わったばかりの稲に止まりはじめたのである。それぞれが、バラバラに止まったり飛んだりするのではない。不思議なことに、すべての蛍たちが示し合わせたように田に舞い降り、羽を休めて点滅しはじめるのである。

数千匹にもなろうかという蛍の大群が、稲の上で静かに明滅している。気が付くと、田の上には瞬く光の帯ができていた。帯の長さは十数メートルにもなり、その光の川は、まるで田の中に天の川が降ってきたかのようだ。

それを見て、マサオが叫んだ。

「あっ、天の川だ！」

ところが、その直後にマサオは何を思ったか、草履を履いたまま、田の中へと入っていった。蛍を捕らえようとしたのかもしれない。みんなはあっけにとられ、彼を止める間もなかった。

田に踏み込んだマサオは、たちまちぬかるみに足をとられ、うつ伏せに倒れた。水を張った田んぼの土は沼の底のように柔らかく、足を踏み入れたらやすやすと十センチも沈んでしまう。疎開してきた彼は、そのことを知らなかったのだ。

番長と私とで引き上げはしたが、マサオのズボンとシャツは泥だらけ。植えたばかりの田んぼは、彼が足を踏み入れたあたりがすっかり荒れてしまった。

翌朝、父が番長と私を連れてその田んぼの地主の家に出向き、一緒に謝ってくれた。子どものしたことだからと、地主はさして怒りもしなかったが、荒れた部分を元通りに直してくれた父から、番長も私も大目玉をくらった。罰として、前の晩に捕まえた蛍は全部逃がしてやれと命じられた。

それにしても、都会暮らしのマサオは思った以上に田舎のことを知らなかった。はじめは稲が水田で育つことも知らなかったらしいし、水田とはどんなものかということも知らなかったのだろう。その後、彼はみんなの輪の中にあまり入らなくなった。ほどなくして、このマサオも、都会へと帰っていった。

農繁期保育園は、その後は何事も起きず、農繁休業の終了と共に閉鎖された。

黒ん坊コンクール

現在では考えられないことだが、村では私が三年生になった年の夏休みから、どれだけ背中を黒く焼いたかを競う、「黒ん坊コンクール」とでも言えるものが催されていた。もちろん当時は「コンクール」とは呼ばず、「黒ん坊大会」だった。

その頃は、現在のように「猛暑日」というほど暑い日は少なかった。真夏でも気温は三十度そこそこだったから、「熱中症」などというものも耳にしたことがない。おまけに夏休みの八月は、農作業も少ない農閑期にあたるから、手伝いも少なかった。私は毎日のように、昼食を掻き込むと、歩いて十分ほどの牧田川へ、パンツ一丁ですっとんでいった。川には大勢の子どもたちが集まっていた。

川の大半は泳げるほどの深さはないが、水流が岩にぶつかって直角に曲がっているところは淵になっていて、流れもゆるやかだった。そこだけは、子どもの背丈を超えるほどの水深があった。

先生の教えを守り、まずはみんなで準備体操。背から胸へと水をかけ、おもむろに川へ入る。はじめに覚えた泳ぎは犬掻きだったか。この泳ぎ方では、なかなか前へ進まない。頭を上げているので沈むこともある。次は年上の子どもを真似た平泳ぎもどき、最後にはクロールを覚えた。私は練習を重ねて、淵を往復できるようになった。

泳ぎ疲れると、みんなで川原の砂の上に腹這いになって背中を焼く。黒ん坊コンクールに備えるためだ。

弟や従兄弟《いとこ》は、日に日に黒くなっていくが、私は白いままだった。途中で私は背中を焼くことをあきらめ、みんなのケアをすることになった。といっても、大げさなことではない。日焼けすると背中のうす皮がむける、それを手伝ってやるのだ。途中で破れることもあるが、リンゴの皮むきのように長くつながると、なんとも気分がよかった。

水泳や甲羅干しに飽きてくると、私たちは素手で魚獲りを始めた。すばしこい鮎《あゆ》はなかなか摑《つか》めないが、鯎《うぐい》や、おいかわ、もろこなどは、石と石のすき間に身を隠す習性がある。そこを狙って石の両方から手を入れ、隠れている魚を摑み獲るのだ。多い時には、十数匹くらい獲れた。

こうして捕まえた魚は持ち帰り、塩をふりかけて七輪で焼く。肉はもちろん魚でさえも、祭か正月にしか食べられなかった時代である。時には、こうして私が捕まえてきた川魚が、夕食のご馳走になった。

川魚を獲るために、「瀬干し」をやることも多かった。瀬干しとは、何人もの子どもたちの共同作業で魚を獲るもので、いわば私たちの「漁」だ。川に集まっていた子どもたちの中で、年長の誰かが「おい、やろうぜ」と声をかける。それに応えて四人、五人と仲間が寄ってきて、その日の「漁」が始まる。

牧田川は広いところで五十メートル近くの川幅があるが、その流れはところどころで二筋、三筋に分かれて下る。この幾筋かの流れのうち、子どもたちが狙いを定めるのは最も幅が狭い流れだ。細い分流の上手に、子どもたちが次々と石や川砂利を運ぶ。水の入り口をふさぎ、そこから先に水が流れないようにするのだ。

こうして入り口をせきとめると、そこから先の水かさがぐんぐんと減りはじめる。流れを全部止めることまではできないが、瀬干しされた分流の水量は元の十分の一くらい。川底が半ばむき出しになり、あちこちで魚たちがおろおろしはじめる。それを次々に手摑みするのだ。この瀬干しではゴリやドンコ、鯰《なまず》など動きの鈍い魚が獲れた。中でもドンコは川底の石の上を這って歩く魚だったから、簡単に捕まえることができた。

後に高学年になると、「流し鉤《ばり》」も仕かけた。鰻《うなぎ》を獲るためである。めっきり鰻が減った今、「子ども時代に鰻を獲った」と言うと驚く人もいる。だが、この頃の農山村では身近な川に鰻がたくさん棲《す》み、時には田の中にまで迷い込んだ。

鰻は夜行性だから、仕かけに食いついてくるのも夜。それに備えて、日のある間に仕かけを作る。凧糸《たこいと》の先に鉤をしっかりと結びつけ、鉤の先に泥鰌《どじょう》やミミズなどの餌を付ける。それを川岸の石垣や蒲《がま》の間など、鰻が潜んでいそうな水辺に投げ入れておくのだ。数メートル伸ばした凧糸の反対側は、水辺に面して立つ柳や大きな石のくびれなどにしっかりと結びつけた。こうして仕かける流し鉤は、いわば延縄《はえなわ》の一種だ。翌朝引き上げると、十本のうち一、二本は鰻がかかっているのだった。

私は持ち帰った鰻を、自分で捌いた。頭に錐《きり》を刺してまな板に固定し、包丁ですっと背開きにする。その身を金串に差し、七輪に炭火をおこして焼く。何回も、何回も、醤油になけなしの砂糖を溶かしたタレをつけて焼くうちに、あの香ばしい鰻を焼く匂いが辺りを漂いはじめる。小学五年か六年で、そんなことがよくできたものだと今でも思う。当時も今も、鰻は何よりのご馳走である。その時だけは、父も母も弟たちも、私をヒーローのように称えた。

「火ぶり漁」もよくやった。これはカーバイトランプを使った夜の漁だ。カーバイトランプというのは、懐中電灯が普及する前に使われた携帯用の照明である。金属製の筒の内部に、カルシウム剤に水が滴る仕かけが組み込まれている。そこで発生したガスが燃え、先端部に光が灯る。かつては炭鉱作業員が使ったし、お盆の時に出る夜店の照明にもなった。我が家では、夜、イノシシが畑を荒らしに来ていないかどうかを見回る時、父がこれを提げて出かけた。

このカーバイトランプを持って夜の川に入る。夜間、ほとんどの魚は、石にへばりついて眠っている。ランプで川底を照らしながらそういう魚たちを見つけ、手摑みにしたり、ヤスで突いたりして捕まえる。ヤスは自分の手作りだ。槍で言えば穂先にあたるヤスの先端部分は、太い針金を折り曲げて作った。このヤスを使えば、川底にへばりついているドンコなど簡単に捕まえることができた。

さて、黒ん坊コンクールに話を戻すことにしよう。夏休みが終わって二学期が始まると、すぐに審査があった。自信のある者だけが参加して、お互いの背中の黒さを競うのである。まずはクラスごとに代表が選ばれることになっていて、その審査員はクラス全員と担任の先生だった。私たちは自分の日焼け具合に自信のある級友の中から、ミツヨシを代表に選んで全校でのコンクールに送り出した。こうして集まった代表たちが、全校コンクールで背中の黒さを競う。その結果、なんと全校一になったのは、疎開してきていた二年生のアキヒコだった。

私は彼を、疎開してきた当時からよく知っていた。転校してきた頃のアキヒコは青白い顔をし、体もやせていて、見るからに弱々しかった。それが私たちと一緒に外をとび回りながら村の暮らしにもなじみ、この夏、全校一の日焼け少年になっていたのだ。校長先生は、全校児童の前で彼をほめ称えた。

だが、日焼けが体に良くないというようなニュースでも流れたのだろうか。詳しい事情は知らないが、この愛すべきコンクールも、保護者からの非難を受け、私が三年生の年と四年生の年、計二年だけで中止になってしまった。

雪合戦

雨戸がコトコトと音を立ててゆれる。

音を聞いて、胸の中で思った。「落ち風」だ。北風がびゅうびゅうと吹きつけるのとは違って、小刻みに雨戸を揺らす不穏な風。それは雪のまえぶれだった。

この風を感じ取った大人たちは言った。

「落ち風が吹くから、明日は雪やぞ」

その夜は必ず雪が降って、野も山も、屋根も、道路も、すべてが真っ白な世界になる。

また、雨戸が揺れる。コトコト、コトコト、コトコト……。

私は何よりも、その音が嫌いだった。

冬休みも間近いある夜、私はその大嫌いな音を耳にした。この音を聞くなり、急に寒さを覚えた。炭火鉢を引きよせ、灰を掻き廻したが、小さな赤い残り火が申し訳なさそうに顔を出しただけだった。これでは暖をとれない。

私は早々に布団に入ることにした。布団の中には、炭火の炬燵《こたつ》（ここでは布団に入れて用いる「行火《あんか》」のこと）が入れられていて温かかった。この炬燵を布でくるんで足元あたりに置き、上から布団をかけた。その炬燵を腹まで引き上げ、抱いて眠った。

コトコト、コトコト、コトコト……。目を閉じても、落ち風が鳴らす雨戸の音が、いつまでも耳に残った。

案の定、翌朝は雪が積もっていた。深さは大人の膝くらいあった。

父は、雪除けの準備をしていた。昔からのならわしで、雪が降り積もると、村落の人が総出で通学路の雪除けをしてくれるのだ。多良村周辺は飛騨《ひだ》地方のような豪雪地帯ではなかったが、それでも雪は人々にとって厄介な重荷だった。

雪除けに出た村人たちは帽子をかぶり、蓑を着て、先頭を交代しながら手製の雪除け具を使って除雪する。この雪除け具は、長い柄の先に木の板を釘《くぎ》で打ち付けて作ったもので、入場行進のプラカードのような形をしていた。降ったばかりの雪はパサパサで、取り除くのにスコップなどは必要ない。軽い雪を雪除け具で左右に振り分けるようにどかし、道を作りながら少しずつ進む。

そのあとを、マントをまとった子どもたちがぞろぞろとついていく。コートやアノラックなどが一般化していないこの時期、多くの子どもが分厚い生地でできたマントを羽織った。前を行く大人が道を付けてくれたおかげで、子どもたちは何の苦もなく、学校にたどり着くことができた。

さて、この日、授業が始まる頃、雪はやんだ。それに気付いた子どもたちは大歓声をあげた。午後の体育の時間に、雪合戦ができるからだ。

子どもたちの思いどおり、体育の時間は雪合戦になった。男女混合で、二組に分かれて対戦することになったが、四年生時の担任だった女の先生は変なルールを作った。男子は女子を標的にしてはいけないが、女子は誰を標的してもかまわないというのだ。

それに反対したのが級長のコウスケだ。頭の切れる彼は言った。

「男女平等だと先生はいつも言っているのに、それはおかしい。先生の決めごとは、民主主義に反する」

彼の言い分は理にかなっていた。小学四年生で、よくこんな言葉が出てくるものだと、私は感心した。コウスケの理路整然とした主張に、みんなも大きな拍手をした。それには先生も反論できず、先のルールはご破算となった。

しかし、妙なルールにも、それなりの理由はあったのかもしれない。いざ雪合戦が始まると、男子は女子を狙い打ちにする。とうとう泣き出す女の子も出てしまい、雪合戦は一時中止となってしまったのだ。

子どもたちだけでの話し合いの末、男子の数を半分に減らし、残りの男子は観戦することになった。新しいルールのもと、戦闘再開である。

と、考えられないことが起こった。何人もの女子が一緒になって、ヤスオという男子を標的にしはじめたのだ。ヤスオは村の子だが、暴れん坊で、いつも女の子をいじめ、いばりちらしていた。私も彼とはしょっちゅう喧嘩していた。

その暴れん坊のヤスオが、この時ばかりは集中攻撃を受けた。他の男子も彼を擁護しようとはしない。ヤスオはボロボロにやられた末、とうとう手を挙げて降参した。それには、女の子だけでなく、大勢の男子たちまでもが溜飲を下げた。

雪の記憶はほかにもある。

当時は積雪が一メートルを超えるのはざらだった。その後に晴天が二日も続くと、雪の表面が凍てつき、辺り一面が硬い氷原となる。こうしてできた氷原は、子どもが乗ったくらいではビクともしない。田や畑の上も硬く凍り付いて氷原となるから、上を歩くことができる。普段は農道をたどって迂回《うかい》しなければならない田や畑が、この時ばかりは通学路だ。田畑を公然と突っ切っていけるから、通学時間はぐっと少なくて済む。雪が凍ってできた氷原の表面には凹凸があり、滑る気遣いもなく歩けた。

雪上で鬼ごっこをすることもあった。なかには悪もいて、落とし穴を作ったりもした。こうして遊んでいる時も、誰もが空腹だった。空腹を抱えながら、みんな元気だった。テレビもなく、ゲーム機もなく、外で遊ぶより仕方なかった時代。もちろん学習塾もなかったし、宿題も少なかった。子どもが勉強するのは学校にいる間だけであった。

麦秋

終戦から三年が経ち、田舎ではおだやかな日が続いていたが、生活は少しも楽にならなかった。この時期になっても、食料不足はひどかった。相変わらず私たちが口にするのは、麦や大根、粟などの入ったご飯。さもなければ、代用食だといって、芋や水団などを食べさせられながら飢えをしのがねばならなかった。

育ち盛り、食べ盛りの子どもには、耐えがたい日々だった。

「腹がへった」

それが子どもたちの口癖だった。それでも、子どもたちはカラ元気を出し、野山を駆けまわっていた。

野山に繰り出した子どもたちは、ただ面白おかしく遊び騒いで帰ってきただけではない。時にはその日の糧の足しになるものを持ち帰り、家計を助けることもあったのである。子どもたちは身近な野山からどのような恵みが得られるかを、親や年上の子どもから学びながら育っていた。野山で遊びと学びが混然一体になった時間を過ごす中で、当時の子どもたちは、貧しいなりに生き抜くための賢さとたくましさを身につけていたように思う。

春、野原では三ツ葉、田の畝では芹を採り、里山では蕨《わらび》、薇《ぜんまい》、たらの芽、こしあぶら、山独活《やまうど》が採れた。幼い頃には親の山菜採りに付いて歩いたから、食べるものが、どこにどのような形で生えているのかを覚えた。どの子どももそのようにして育ったから、少し歳が上がると子どもたちだけで山に入り、たくさんの山菜をわけなく採ることができた。

秋には茸《きのこ》がよく採れた。腰に籠をくくりつけ、茸がありそうなところを探して歩く。しめじ、なめこ、鼠足《ねずみあし》（「ほうき茸《だけ》」のこと）などで籠がいっぱいになることもあった。よく知られているように、茸の中には食べると危険な毒茸もある。うっかりすると命にも関わるのだが、食べられるものとそうでないものとの見分け方も、親と茸採りをする中で覚えた。だから茸採りもまた、子どもたちだけで出かけることが多かった。

現代では安全上の観点から、子どもだけで山菜や茸を採り歩くことなど許されないだろう。そもそも、今では山歩きの術を心得ている子ども自体がいない。だが、変化したのは子どもたちばかりではない。今では山が荒れてしまって、茸などはほとんど採れなくなってしまったのだ。

例えば、私が子どもの頃、里山に落ち葉など積もっていなかった。そう聞くと、今の人は驚かれるかもしれない。木々に覆われた林なのに、落ち葉が積もっていないなんて、と。だが、村の人々はひんぱんに山に入り、手間暇かけて落ち葉掻きをしていたのだ。落ち葉や枯れ草、地面に落ちた枯れ枝などを熊手で掻き集め、それを持ち帰る。これらは焚き付けに使われることもあるし、ため込んで発酵させれば肥料になる。燃やした灰もまた、田畑の土質をよくするための肥料となった。

木々の間伐や枝打ちも欠かせなかった。そこで出た間伐材や枝は炭の材料になったり、家々の薪になったりした。

こうした手入れがなければ、里山には日が入らず、ドングリなどが芽吹くことができない。日の光を必要とする植物も育たず、森は痩せる。じつは茸の中にも、適度な日の光や風が入らないと育たないものがある。例えば、よく手入れされていた昔の山では、時には早松《さまつ》（松茸《まつたけ》に似た茸）や松茸も採れた。朽ちた倒木には、天然の椎茸が生えていることもあった。

貧しい家庭にとって、山菜や茸は、この上ないご馳走だった。その恵みの数々は、ただ山を手つかずのまま放っておいたのでは得られないものだったのだ。

さて、こうして野山を駆けまわるある日のこと。この日も、四、五人で、山の畑をとび廻っていて、麦畑の中で鳥の巣を見つけた。

麦畑では前年の秋に撒いて冬を越した麦が、春先から一気に丈を伸ばし、穂が稔りはじめていた。麦が稔るのは初夏。麦にとっては稔りの季節だから、この初夏の時期を「麦秋」「麦の秋」とも言う。多良村一帯は麦秋にさしかかっていた。

そのよく伸びた麦の茂みの中に見つけた鳥の巣。その中には、鶏卵より少し小さな卵が五個生みつけられていた。雉だろうか、山鳥だろうか。卵は鶏のように真っ白ではなく、色がついていた。記憶はもはやおぼろげだが、もしかしたら斑《まだら》模様が入っていたかもしれない。

卵を見て、誰ともなく、「持ち帰って、茹で玉子にしよう」と言い出した。だが、私はこれに大反対だった。

卵一個を食べたところで、空腹を満たせるわけがない。卵は鳥の子どもでもある。親子をはなればなれにしてどうするのだ。私はそうまくしたてた。私には、まだ幼い頃、自身の手の中で幼鳥を死なせてしまった思い出があったのだ。

その幼い日、私は道端に落ちた幼鳥を拾った。燕《つばめ》の雛《ひな》だったのか、雀《すずめ》の子どもだったのか。助けてやりたい一心で拾い上げ、椀《わん》のように丸くした両掌でくるむように持った。温かくてか弱い体の細かな震えが、掌に伝わる。

だが、その先どうすればよいのか、私にはわからなかった。冷やすまいと息を吹きかけ、掌で大切にくるみ続けるのだが、雛はみるみる弱っていく。しばらくして雛の体から力が抜け、手のひらに伝わる熱が引いていくのがわかった。小さな命がどこかに行ってしまう。誰にも取り返しのつかない、生き物の死の瞬間だった。今しがたまで掌の中にあった、あの温かな何かが、もういない。そんな経験が、いつしか小さなもの、命あるものへの情を深めた気がする。

だから、痛切に思った。親が大切に温めている卵、生きようとする小さな命を、引きちぎってしまってどうするのだ。

まくしたてるうちに、卵を守ってやらねばという思いがますます募った私は、巣に覆いかぶさった。そうやって何としても卵を採らせまいと懸命に抵抗したのだが、一人では勝ち目がなかった。ほどなく私は巣から引きはなされ、卵は残りの子どもたちの手に……。

私は臆面もなく、大声で泣き叫んだ。

あまりの激しい泣き方に、一団を率いていた二歳ほど年上のがき大将トモユキも、さすがに困りはてたようだ。

「わかった。お前の分だけ返してやる」

そう言って、採った卵の一個だけを私の手に載せてくれた。

私も納得するしかなかった。私は泣きじゃくりながら、返された一個をそっと巣に戻した。

卵を持ち帰った子どもたちは、トモユキの家に集って、がやがや騒ぎながら、卵を茹ではじめた。

うまいおやつのなかった時代である。鶏を飼っている家庭でも、茹で玉子を食べるなどとんでもない贅沢《ぜいたく》だった。だから、その子たちが浮き立つのも無理のない話ではあった。

「もう茹で上がったぞ」

「いや、まだまだ」

こうして、茹で上がるまでは騒々しかった。だが、茹で玉子が子どもたちの口に入ることはなかった。

殻を割って出てきたのは雛だった。あわれなくらい赤くただれた茹で雛だったのである。

卵の中ですっかり大きくなり、孵化《ふか》する目前だったらしい。

「そら見ろ！」

私は身体ごとトモユキにぶつかった。

年長の彼は尻もちをつき、雛を持ったまま立ち上がろうともせず、床にぽたぽたと涙を落としていた。誰もが俯《うつむ》いたまま、一声も発しなかった。

しかし、がき大将トモユキは、さすがだった。少し泣いてから気を取り直した彼は、みんなにこう言い出したのだ。

「雛がかわいそうだ、お墓を作ろう」

子どもたちは、トモユキの家の畑の隅に、シャベルで四つの穴を掘り、一羽一羽穴に埋めてその上に小石を積み、掌《て》を合わせた。

私もこれに付き合って掌を合わせるうちに、少しだけ心が軽くなった。

それから何日か経った明け方。私は、大きな鳥が太陽に向かって、悠々と飛んでいく夢を見た。目を覚ますと、夜明け直前の外はもう明るかった。私は、草履をつっかけると、一目散にあの山の畑へ走った。

麦畑の巣には卵の殻だけが残っていた。雛の姿も、親鳥の姿もなかった。私は命拾いした一羽の雛が巣立っていったのだと、信じて疑わなかった。

折から太陽が昇ってきた。そして、すっかり色づいた麦の穂を照らしはじめると、周囲の緑の中で、麦畑だけが黄金色に輝きはじめ、「これぞ麦の秋」という感じがした。

この時の畑はもうない。ずっと後に山は麦畑ごと削られて埋め立てられ、ゴルフ場のグリーンになった。

けれど、あの幼き日の記憶が、私の脳裏から消えることは終生あるまい。

第四章　流れゆく雲の彼方

海水浴

五年生の担任は、おそらくまだ四十歳前の男性教員コミヤ先生だった。夏休み前、そのコミヤ先生が、学級の子どもたちに提案された。

「みんな海水浴に行かないか？」

それは、後の時代の林間学校や臨海学校、今で言う宿泊学習などのように、あらかじめ年間スケジュールに組み込まれている行事ではなかった。提案を受けて、私たちは考えた。食料難は相変わらずで、家は貧しい。それでも、わずかながら生活は向上し、海水浴の一泊旅行ぐらいの費用は出してもらえそうに思えた。だから、ほとんどの子どもは先生の提案に大賛成だったが、首を横に振る者もいた。交通費や宿泊費用を考えると、自分の家では無理だと考えたのだろう。

結局、希望者だけで行くことになった。参加する子どもは、男女合わせて三十人。引率はコミヤ先生のほかに、男の先生一人、女の先生一人となり、伊勢《いせ》湾の富田浜《とみだはま》へ行くことに決まった。富田浜は三重県四日市《よっかいち》市の臨海部に位置する。高度経済成長期に四日市コンビナートができてからは見る影もなくなったが、この当時は明治期に開設された海水浴場が人気の保養地だった。

何しろ「海」というものがない岐阜県のことだ。山間で生まれ育った私たちの大半は、海を見たことがない。まして、海水浴をしたことがある者など皆無だ。岐阜県を出て、はじめて見る海へ。戦後間もない時期、山村で暮らす子どもたちにとって、経験したことのない大旅行だった。

村を出て、鉄道の駅に向かうところから旅が始まる。貸し切りバスなど、思いもよらない時代だ。現在ではあり得ないことだが、村内の道具屋さんか何かにトラックを出してもらった。私たちはその荷台に筵を敷いて座り、近鉄養老線の高田《たかだ》駅（現在は養老鉄道養老線の美濃高田《みのたかだ》駅）まで出た。

荷台で三十人もの子どもがすし詰めになり、そのワイワイ、ガヤガヤという歓声を背負ったトラックが、谷の道を駆け下っていく。今ならすぐにパトカーが追いかけてくるところだが、見とがめられることはなかった。先生が事前に警察の了解を得ていたのかもしれない。見慣れた谷あいの光景も、トラックの荷台からみんなで眺めると新鮮な景色に思えた。

街道は牧田川沿いに養老山地の西の縁を北上し、山地の切れ目で牧田川と一緒に東の濃尾平野に抜ける。村を出てから三十分ほどで、高田駅に到着した。

そこからは養老鉄道の電車に乗り、富田浜へと向かう。いよいよ電車に乗っての旅。私は電車は二度目だったが、はじめてという者がほとんどだった。

私たちの乗った電車は、一路未知の世界へ向かって走り出した。

右手には先ほどと同じく養老山地が横たわるが、見えているのは先ほど見えていた山地のちょうど裏側、山地の東面である。はじめて見る山の裏側を右に見ながら、養老鉄道は濃尾平野の西部を南下していく。窓側に席をとった私は、後ろへ後ろへと流れる景色に見入った。

左側の車窓の外には、広大な濃尾平野が広がり、青々とした稲田が続いた。山間とは違う広大な水田地帯を駆ける電車は、いつしか、濃尾平野を流れる木曾三川のうち最も西を流れる揖斐川に沿って走りはじめていた。川近くの村々に入ると、白壁の家並みが次々に見えてくる。それを眺めていると、石垣を高く積み、その上に建つ家屋がいくつも目に入った。私はそれに興味を覚えた。山間の村では、石垣の上に建つ家屋など見かけたことがなかったからだ。

この付近の大半は標高ゼロメートル地帯で、古い時代から川の氾濫による洪水に悩まされてきた。木曾三川の流域には、堤防で全体をぐるりと囲んで水害を防いだ輪中と呼ばれる集落がいくつも見られる。わざわざ石垣を積んだ上に家を建てるのも、常に水害に備えて生きる地域ならではの工夫だ。氾濫の少ない山間の多良村で見ることがないのも当然のことで、私には新鮮な光景だった。

この珍しい家々を見ているうちに、私はふと気付いた。積み上げられた石垣の石が、どれもみな丸いのである。これもまた、自分が生まれ育った多良村で見てきた川の石や岩とは違う気がした。ごつごつした石や岩を見慣れてきた私には、石が丸いことそのものが不思議だった。

隣の席のコミヤ先生に、なぜなのかと質問した。

先生は問い返された。

「君はなぜだと思うか？」

答えに詰まって私が困っていると、先生は言う。

「人と同じだよ」

「最初、石はみな角ばっている。それが川を流れ下る間に、角が削られ丸くなる。人も同じだ」

何がなんだかわからず、首をかしげる私。その私に、先生はさらに続ける。

「人はみなコンペイトウのように、『角《つの》』を持って生まれる。尖った部分を長所とするなら、窪んだところは短所だ。それが長い間に、もまれて、尖った部分が削られ、丸くなる」

なおも首をかしげている私に、先生はさらに続けられた。

「先生もな、年を取って丸くなったような気がするが、角がとれたために小さな丸になってしまった。君らはこれからだ。尖った部分を残し、窪んだところを埋めて成長してくれ。そうすれば、スケールの大きな丸となる」

私は訳もわからないままにうなずいたが、その言葉の重さに気付いたのは、ずっと後、成人になってからである。

それからほどなくして、電車は目的地の富田浜に着いた。まず宿泊予定の漁師宿に荷物を置くと、早速みんなで海辺へ出た。

これが海。広く青く、穏やかに寄せては返す波。その波の先が、砂浜にたどり着くなり、白くなって砕けた。視界の全面を覆うほどの広さと、はるか沖まで続く奥行き。絶えることのない揺らめきと、ざわめく音。写真や唱歌ではわからなかった音があり、香りがあり、素肌に触れる感触があった。

パンツ一丁になって水に入った。

当時は、水泳パンツも水着もなく、男の子たちはいつも穿《は》いていたパンツで間に合わせた。女子はパンツだけだったのか、上半身に下着でも着こんで泳いでいたのか、その記憶は残っていない。

私は泳ぎに自信がなかったので、背の立つところまで歩いていき、浜へ向かって泳ぐことにした。口に海の水が入り、ショッパかった。だが、身体が軽く、やすやすと浮くように感じた。

しばらくして、私は理科で教わっていた「潮の満ち干」というものを、自分のこの目で確かめることになる。海でしばらく夢中で泳いでから浜に上がってみて、ふと気付いたのだ。

いつの間にか、砂浜が狭くなっている。

知識としてはあった「潮の満ち干」。それをはじめて目の当たりにして、人間を遥かに超えた巨大な現象を実感し、科学の真理というものに触れた気もした。

すぐ横で声が聞こえた。

「潮の満ち干は、本当にあるんだ」

秀才として一目置かれていたミキオもまた、同じことを思って沖に向かってつぶやいていた。

昼食は、漁師宿に戻ってとった。その時に出された焼き魚のうまかったこと、おいしかったこと……。普段野菜ばかり食べている私には、びっくりするような味であった。それにも増して、その日の夕食は絶品であった。何しろ魚の「刺身」を口にしたのは、この時がはじめてだったのである。

冷凍や冷蔵の技術が乏しかった時代のことだから、そもそも山村で海の鮮魚を手に入れることなどできなかった。行商人が魚の干物を運んでくることぐらいはあっただろうが、普通の農家でそれを買い求める人はほとんどいなかったはずだ。誰もが貧しかったこの時代、たとえ少々の余裕があっても、魚など買い求めようものなら、「贅沢」と後ろ指を指されかねない。だから魚を口にすること自体が、せいぜいお正月ぐらいに許される贅沢だった。

そのような食生活の中にあった私たちにとって、獲れたばかりの魚を生で食べる刺身というものは、想像するしかない超高級食品だ。それを三十人の仲間たちと一緒に食べるのだから、おいしくないわけがなかった。

大部屋一つを借りての宿泊だ。夜は男子も女子も関係なく、三十人が仲良く雑魚寝。誰もが満ち足りた思いで眠りについた。

こうして楽しい二日間が終わり、私たちはまた電車に乗り、トラックの荷台に揺られて村へ帰った。帰ってきた時にお互いを見ると、みな日焼けして黒い顔になっていた。楽しい海水浴だったが、それだけではない。私にとっては丸い石に学び、海に学び、人に学ぶ二日間でもあった。

陰　膳

敗戦から三年経っても、叔父が戦地から帰ってこなかった。

ここでの叔父とは、母の弟である。戦争当時は「満洲国」（中国東北部に日本が作った国。詳しくは後述）に駐屯する部隊に所属し、兵隊としての階級は憲兵軍曹か憲兵曹長だったはずだ。写真で見る叔父は、右腕に憲兵の腕章をつけ、颯爽《さっそう》と軍馬に跨《また》がっていた。その勇姿は、子どもの私にとってあこがれだった。

私と同じ多良村で生まれ育った叔父は、高等小学校を卒業すると、近郷では有名な大垣市のA社に入社した。建築素材関連の会社で、近代日本を代表する歴史的建造物の建築にも関わるほどの立派な企業だ。それほどの企業だから、同社へ入るのは、県下の進学校として知られる旧制大垣中学（現・大垣北高等学校）に合格するより難しいと言われていた。見事入社した叔父は、同社の副社長に認められ、若くして高い地位を得ることとなった。

そのきっかけになったのは、ひょんな出来事からだったのだと、叔父はずっと後になってから教えてくれた。

入社して間もない頃、同僚と工場の外でサボタージュをしていたとか。そこを巡廻してきた副社長に見つかった。みんなは逃げてしまったが、叔父だけはその場から立ち去らなかった。副社長は、その純真さに心動かされたのか、その後、叔父をずっと可愛いがってくれた。おかげで叔父は、同僚たちより突出した待遇を受けるようになったという。

その叔父が在職中に召集された。その時期は定かではないが、見送った時のことをかすかに覚えている。村落の人々が総出で本人を囲み、万歳をしてから日の丸を振って送った。その先、バスに乗ったのか、トラックにでも乗ったのか。叔父はその足で、召集令状に指定された部隊へと向かったはずだ。

その後の軍務の詳しいことは知らないが、叔父は一般兵士とは異なる「憲兵」となった。憲兵は軍隊内の警察のような職務で、軍人や軍属の犯罪行為を取り締まる役職だ。だから、一般の軍事的な知識や技量に加え、行政や司法などについての知識も求められる。難関企業に入るほど学業に秀で、社員としても有能だった叔父だから、抜擢《ばってき》されて特別なコースを歩んだのではないだろうか。

やがて叔父が「満洲国」に派遣され、そこで憲兵軍曹、あるいはその上の憲兵曹長にまで昇進したということまでは、家族や親族の間に伝わってきていた。どちらにしても一般兵たちの統率にあたる「下士官」であり、兵の中でそこまで昇進できる者は限られている。このように、叔父は軍隊でも優秀であることが認められ、高い地位を得ていた。ところが、そのことが敗戦によって仇となってしまった。とりわけ「満洲国」に赴任していたことは、叔父の運命を暗転させた。

終戦直前、「満洲国」がソ連軍の進攻を受けたからである。

昭和七（一九三二）年に建国された「満洲国」は、日本が前年に起こした満洲事変で占領した中国東北部に作った国で、日本が実権を握っていた。日本からは満蒙開拓団と呼ばれる大勢の農業開拓移民が送り出され、「関東軍」と呼ばれた日本軍の大部隊も駐留していた。終戦までの間に、「満洲国」には二十七万人もの日本人開拓民が移住していたと言われる。そのほかの居留民も合わせると、同地には、じつに百万人を超える日本人がいた。「満洲国」の北方に位置する巨大な国がソ連だ。日本は昭和十六（一九四一）年、このソ連との間に日ソ中立条約という条約を結んだ。このため、太平洋戦争が始まってからも、ソ連との戦闘は起きなかった。ところが、昭和二十（一九四五）年八月八日、ソ連はこの条約を破って日本に宣戦を布告。日本がポツダム宣言を受諾する、わずか七日前のことである。その翌日未明から、大量のソ連軍は「満洲国」や朝鮮半島の北部、南樺太《みなみからふと》、千島《ちしま》列島へと一斉に進攻してきた。

各地でソ連軍による軍民問わぬ攻撃や暴力がくり返され、特に「満洲国」からの逃避行での犠牲は約二十四万五千人にも上ると言われる。現地には多くの日本人の子どもが取り残され、中国残留孤児となった。ソ連軍は日本のポツダム宣言受諾後も攻撃を続け、ようやく停戦に応じたのは九月五日のことだった。

この過程で、「満洲国」にいた軍人や軍属、その他民間の人々も含め、多くの日本人がソ連軍の捕虜となった。ソ連はこれらの捕虜の復員、つまり帰国を認めず、判明しているだけでも約五十七万五千人もの人々が貨車などで移送された。その多くは、広大なシベリアに散在する二千か所もの収容所に抑留された。これが「シベリア抑留」と呼ばれるものである。

抑留された人々は、酷寒の地で満足な食事も防寒具も与えられず、森林伐採などの重労働に従事させられた。多くの人々が凍死や病死、衰弱死で亡くなり、これも判明しているだけで約五万八千人が犠牲となったと言われる。

終戦後、南方などからの復員は終戦直後から始まり、昭和二十三（一九四八）年ごろにはおおむね完了した。ところが、シベリアに抑留された人々の引き揚げは、終戦翌年の昭和二十一（一九四六）年の年末になってからようやく開始され、その後、十年以上にもわたって引き揚げ事業が続いた。つまり、長い人では十年以上もの間、収容所に抑留され続けたのである。

こうして、大きく遅れたシベリア抑留者の引き揚げでは、舞鶴《まいづる》（京都府）、横浜《よこはま》（神奈川県）、函館《はこだて》（北海道）などが引揚港に指定された。中でも舞鶴は、多くのシベリア抑留者が復員して最初に祖国の地を踏んだ港として知られている。


叔父は、かつての「満洲国」つまり旧満洲で軍隊にいた人だ。シベリア抑留のことが少しずつ洩れ伝わってくるにつれ、叔父は戦犯としてシベリアに抑留されているのではないかということまでは想像できた。だから母もその兄である伯父も、叔父の復員は遅れるだろうと言っていた。

だが、それがいつになるかは誰にもわからない。そもそも、叔父がまだ生きているかどうかさえ不明だった。

毎日、新聞には引揚者の名前が載った。そこに載る引揚者の中に、叔父の名はいつも無かった。だが、新聞情報は限られていたから、引揚港に出向き、港に降り立つ人の群れの中に肉親の姿を追い求めた人も多い。伯父も何回も、遠く舞鶴港まで確かめに行ったが、いつもがっかりした顔で帰ってきた。

そのような日々が長く続き、私の母も、伯父も、周囲の人々も、叔父が生存しているとは、信じられなくなりはじめた。しかし、祖母だけは、息子である叔父は絶対生きていると信じていたらしい。

祖母が暮らす母の実家は、同じ村落内の近所だった。私と歳の近い従兄弟もいて、小さい頃から実の兄弟のように付き合っていた。だから、私もしょっちゅう出入りしていたのだが、終戦から三年を経たこの頃、出かけるたびに、ある光景を目にするようになった。祖母は、床の間に軍服姿の叔父の写真を置き、毎日、「陰膳」をしていたのである。

陰膳というのは、戦争や旅に出かけた人の安全を祈り、留守宅の人が供える食膳のことだ。本人が在宅していた時の座や床の間などにお膳を置き、家族と同じように一人前のご飯とおかずを用意する。

私が訪ねるたびに、祖母はその陰膳が供えられた床の間へと孫の私を誘った。

「ここで、無事を祈ってやってくれ」

そう言いながら、祖母が涙をこぼすのが常のこととなった。


一向に叔父の消息がわからない日々は長く続いた。伯父や母からでさえ、「もう葬式を出そうか」などという声が出るようになった。

だが、祖母だけは「生きている」と言って絶対に譲らず、陰膳を欠かさなかった。毎日、朝日に向かって手を合わせ、夕日に向かって祈りをささげ、仏壇に掌《て》を合わせる。変わることなく、一週間に一度は墓に参拝して、先祖に向かって我が子を助けてくださいと頼んでいた。孫の目にも、そうした祖母の行動は哀れにさえ見えた。

そんなある夜、私は身につまされる夢を見た。

雨がしとしと降る夜半に戸をたたく音がして、開けると軍服姿の叔父が立っていたのだ。

「姉さん、いま帰ったよ」

叔父はそう言って大声で叫んでいるように見えるのだが、その声は何だか細く弱々しいような気もした。雨が降っている晩なのに、不思議なことに、叔父の服も帽子も濡れてはいなかった。

視線を下方へ落とすと、足がなかった。

「アッ！」と叫ぶ自分の声で目を覚ました。

「叔父さんは亡くなった」、「魂だけが帰ってきた」。

そう叫びたくなる自分の声を呑み込み、夢のことは誰にも話さなかった。

ところが、私の夢は、正夢ではなかった。

それから一年後、祖母の真心が天に通じたのか、ついに叔父は祖国の土を踏んだ。やつれた様子もなく、凛々《りり》しい軍服姿で。

この時、叔父を含めて三人の兵士が一緒に村に復員した。事前に知らせがあり、何人かの人が関ヶ原の駅まで迎えに出た。連れられて一緒に村に還った三人を、村長はじめ村民大勢が村の神社で歓迎した。私はこの時の光景を覚えている。

集まった村の人々を前にして、叔父が三人を代表して挨拶した。記憶のところどころはおぼろげだが、その挨拶の言葉は、およそ次のようなものであった。

「敗戦日本の兵士でありながら、臆面もなく帰って参りました。おめおめと帰れる身ではありませんが、何卒、何卒お許しください。今後は、兵士としてでなく、平和日本の国民として、皆様のお役に立てるようがんばってまいりますので、よろしくお願いします」

日の丸を振って見送られながら、敗戦の後に帰還した兵士。言うまでもなく敗戦は兵士のせいではないが、叔父としては胸を張れないと思ったのだろう。

だが、村の人たちは、大きな拍手をくれた。

「よく帰ってきた！　がんばれよ！」

中にはそう言って、大声で励ましてくれる人もあった。

母の実家、つまり叔父の生家の玄関。しっかりと抱き合う、祖母と叔父。その姿を見て、母も私も、周りの人々も嗚咽《おえつ》した。頑として「生きている」と信じ続け、陰膳と朝夕の祈りを欠かさなかった祖母の思いの強さが、叔父を生きて祖国へ帰したに違いなかった。


このようにして叔父が復員を果たしたのは、終戦からすでに四年が過ぎた頃だったかと思う。その後、叔父はA社の副社長が新しく興した会社に就職し、二年後には同じ会社の事務職員の叔母と結婚した。

それからの私は、叔父と親子以上の係わりを持つようになる。いささか時を飛び越えての後日談になるが、叔父についてはそのことも書いておきたい。

後年、私が就職したのも叔父の会社だった。当時、叔父はその会社の常務取締役になっていた。その縁故者だということが同僚からはうらやましがられ、自分も意気揚々としていた。

だが、現実は甘くなかった。社内で私は、叔父のライバルであるもう一人の常務取締役の下に配属された。そのせいか、私は何かにつけてこの人の攻撃の矢面に立たされた。現在の職場などで言われる「パワーハラスメント」である。

その後、なんとか人並みに責任ある席までは進んだ。だが、この人がいる限り、生涯勤められる会社ではないと思えるようになった。独立する道はないものかと、日夜考えを巡らせはじめたのである。

タイミングよく、銀行勤めをしていた義弟が離職することになった。二人で意気投合し、義父が営むインテリア関連の商店に関係する事業を手がけようということになった。独立して起業するのだ。

だが、困ったのは、これまで勤めてきた会社を退社することを、叔父にどう話すかということだった。悩んだ末、私は叔父の机の上に置き手紙をした。

私は内心で、叔父からこっぴどく叱られ、引き留められるものと覚悟していた。だが、手紙を読んだ叔父は、私を励ましてくれた。

「お前がほかの会社へ行くと言うのなら、絶対に許さんが、独立するなら、男一匹、やれるだけやってみろ」

私は叔父の心の広さに感服し、正式に会社へ辞表を出した。叔父はもう一方の常務取締役による私へのパワーハラスメントを、知っていたのかもしれない。

ほどなくして、専務取締役となった叔父は、私の退社後も何かと助言してくれたり、励ましてくれたりした。町の祭礼や正月等には互いに行き来し、実の親子よりも親しい付き合いが続いた。

叔父夫婦が、結婚五十年を迎えた時のこと。親しくしていた従兄弟六夫婦で、叔父を招待してお祝いの会を催した。

この会の席で、叔父は『異国の丘』（作詞・増田幸治、補作詞・佐伯孝夫、作曲・吉田正）を歌った。

「今日も暮れゆく、異国の丘に……」

シベリアに抑留された兵士たちの間で歌われていた曲で、酷寒の異国の地で帰郷を夢見る痛切な気持ちが歌われている。元抑留者が「のど自慢」で歌ったことで世に知られ、さまざまな歌手に歌い継がれるヒット曲にまでなった。

叔父の歌は決して上手ではなかったが、直立不動で歌う声には心がこもり、歌い終わる頃には、その目から涙がポロポロとこぼれていた。いつの間にか、従兄弟たちも私も、もらい泣きしていた。

その後、叔父はポツリポツリと、抑留中の話をしだした。戦友が次々と亡くなり、凍土を掘って埋めたこと。空腹に耐えきれず、甜菜《てんさい》（サトウダイコン）や人参を、他人の畑から採ってきて、生で食べたこと。……数々の辛い記憶を言葉にする叔父の声は、半ば涙声になっていた。

私たちの頭では、想像もできない苛酷な毎日であったのだろう。

仲の良かった叔父夫婦も、十三年前に叔母が亡くなり、一年後には後を追うように叔父が九十歳で亡くなった。私は死に目には会えなかったが、死の間際まで名を呼んで到着を待ってくれていたそうである。

私は、三十歳前に母を亡くし、五十歳の時に父を亡くしたが、叔父の死で胸にぽっかり空いた穴は、それよりも、ずっと大きかった。

鱗　雲

さて、戦後間もない頃の小学校生活に話を戻そう。

戦後になってからの学校教育の大きな変化の一つは、「男女共学」が基本になったことだった。すでに雪合戦や海水浴の話でお気付きのように、男の子と女の子とが入り交じって小学校生活を送るようになっていたのだ。

明治時代から、日本の学校教育では男女別学が基本とされていた。これが戦後の教育基本法のもとでは、男女共学が原則となった。この時期に小学生だった私は、その劇的な変化を当事者として経験することになったわけだ。

「多良国民学校」の三年生までは男子組と女子組に分けられていたクラスが、「多良小学校」となった四年生になると、二つの男女混合クラスになった。面白いことに、クラスのどの男子も、妙に活発に手を挙げるようになった。子ども心にも、女子にいいところを見せようと思ったのは、私だけではなかった。

四年生の時の担任は女の先生だった。雪合戦の場で妙なルールを考えて子どもたちに論破された、あの先生である。

その先生が何を思ったのか、体育の時間で突然、こんなことを言い出した。

「男子は、女子と手をつなぎなさい」

異性と手をつなぐ。子どもたちにとって、それは驚天動地と言ってもいいほどの言葉だった。たちまちその場はパニックになった。

何しろ、幼い頃から「男女七歳にして席を同じゅうせず」という空気を吸って育ってきた私たちだ。いいところを見せようと思ってはいても、それはあくまでも秘めた感情というもの。男子にしても女子にしても、ほとんどの子にとって、人前で異性と手をつなぐなどあり得ないことだった。男女がごく自然に手をつないで歩く現代の若者には想像もできないだろうが、当時の私たちにとっては、自分が異性と手をつなぐことこそ想像しがたい光景だったのだ。

異性の手を握る照れくささと、周りに何を言われるかわからないという怖さと。いったい、何だって先生はこんな突拍子もないことを命じるのだ。子どもたちは、わいわい言って、なかなか手をつなごうとはしなかった。

だが、そんな騒ぎの中、私は迷わず、東京から疎開してきていたスズ子と手をつないだ。少し太めではあったが、眼のパッチリした可愛い女の子だった。それ以上に、とび抜けた秀才でもあった。手をつなぐやいなや、たちまち私はみんなに囃《はや》したてられた。思ったとおりだ。スズ子の手を取りながら、自分でも顔が真っ赤になっているのがわかった。

ひと騒ぎとなったが、それが一つのきっかけにもなった。私が手をつないだのを皮切りに、子どもたちはどうにかこうにか男女のペアを組んで手をつないだのだ。

さて、手をつないで、それから？

先生が次に出した指示に、誰もが拍子抜けした。何のことはなかった。手をつないだ相手と、ジャンケンをしなさいと言うのだ。ジャンケンで勝ち負けを決め、勝った者と負けた者に分かれる。勝ち組と負け組でチームを作り、ドッジボールをする。当たり前のことだが、私はスズ子と敵同士のチームになった。

ジャンケンの相手を決めるという、ただそのために、男女で手をつながせてみる。子どもたちをパニックに陥れたそのアイディアは、新しい時代の教壇に立つ女性教師の茶目っ気だったかもしれない。

その後、スズ子とは、五年生、六年生を通じて同じクラスになった。この時のクラス担任が、あの海水浴を企画してくださったコミヤ先生である。コミヤ先生とは馬が合う気がしたし、先生の方も私に特別に目をかけてくれるようになった。

「何か一つでもいいから、誰にも負けない学科を作れ」

先生はそう言って、私の背を押してくれた。

この頃の私は社会科が大好きで、特に地理に興味を持っていた。四年生の時、北海道から九州までの都道府県名と県庁所在地をすべて暗記し、それを全部漢字で書くことができるようになった。このことが一つのきっかけになり、社会科の勉強に自分からのめり込んでいくようになった。

そんな時期を経て五年生になり、コミヤ先生からかけられたのが、誰にも負けない学科を作れという言葉だった。私にとってそのような学科があるとすれば、社会科以外に考えられない。私はコミヤ先生の提案で「社会科クラブ」というものを作り、その代表となった。

この「クラブ」というのは、今の部活動のような公式の課外活動とは違う。どの学校にもあるというものではなかったし、多くの子どもたちが参加したわけでもない。テーマに興味を持つ何人かの子どもたちが集まって作るクラブは、ささやかな自主研究会のような集まりだ。多良小学校には似たようなクラブが他にもいくつか生まれ、子どもたちは思い思いの活動に取り組みはじめた。

私は社会科クラブに没頭した。川の長さ、山の高さ、湖の広さや深さ、それらの所在地。これらを調べ上げた後、今度はそこから発展させて、それぞれの地形や気候と人の生活との関わりも調べるなどして、小学生なりに一生懸命学んだ。

やがて座学だけでは飽き足らなくなり、地元の溜め池の調査もした。多良村周辺は山に囲まれている。牧田川から離れた山間の田畑で水を安定して得るには、湧水を溜めておく必要がある。そのために村の周囲には、いくつかの溜め池が作られていた。その形状や規模などを、実際に足を運んで確かめてみたのだ。

夏休みには、コミヤ先生の引率のもと、社会見学として琵琶《びわ》湖へも出かけた。琵琶湖は広かった。本当に大きかった。これが湖なのかとびっくりした。

その広さに驚嘆する私に、コミヤ先生が教えてくれた。

「この湖には、何十という河川が流れ込み、一つの河川が流れ出ている。そしてこの水が何百万人という京阪神の飲料水となり、生活を支えている」

だから琵琶湖周辺は歴史の舞台でもある。その証しの一つとも言える彦根《ひこね》城にも上った。城からは琵琶湖が一望でき、遥か遠くには竹生島《ちくぶしま》も見えた。

さて、この社会科クラブに、あのスズ子も参加していた。

男女共学になったとはいえ、まだまだ休み時間などには男女別々に遊ぶのが常だった。だから、実際のところ、私がスズ子と言葉を交わすのは、社会科クラブぐらいのものだ。そのクラブで一緒に調べものをしたり、研究内容をまとめたりする私の心の中には、秀才のスズ子と競うような気持ちが生まれた。いわば好敵手であり、盟友でもあるような意識がいつも胸の内にあったのである。

五年生の三学期に、各研究クラブの発表会があった。通常の授業を潰し、講堂に集まった全校児童の前で研究成果を発表するのだ。社会科クラブのほか、牧田川に棲む川魚の研究、雨や雪についての研究、あるいは人体の仕組みの研究を発表する先輩もいたのをぼんやりと覚えている。

社会科クラブでは、私がスズ子と二人で、「日本列島の、山と川」と題した発表をすることにしていた。私のほうが、山の高さ、川の長さ、流域面積などを口頭で発表し、それに合わせてスズ子が日本地図で所在などを指し示す段取りである。

だが、私は発表の日が近づいてくると、悩みはじめた。全校児童の前で、スズ子と二人並んで壇上に立つ。その構図に身を置くことが、たまらなく恥ずかしく思えてきてしまったのだ。

発表会のあと、みんなにどんなからかわれ方をするのか？　校内を歩けなくなるほどにならないか？

私は悩みに悩んだ。当日の朝になっても悩み続けた末、私は意を決し、スズ子の担当を同じクラブのメンバーである友人のフジオに替えることを決断した。突然の変更の結果、発表では私とフジオが壇上に立った。

スズ子に申し訳ない。私の胸の中は、その気持ちでいっぱいだった。発表を終えた後、スズ子には土下座して侘《わ》びたいと思ったが、それも実現できなかった。

その日もその後になってからも、私が指示した突然の差し替えのことについて、スズ子はひとことも不平がましいことは言わなかった。それだけに私の胸の中では、申し訳なさが一層募った。その感情は棘《とげ》のように心に刺さり続け、八十年近く経った今も胸の内で消えない。

スズ子に、詫びることができなかった心の痛みがもう一つある。

体育の時間に男女混合でソフトボールをしていた時のことである。ピッチャーの私が、思い切って投げたボールが、彼女にモロにぶつかってしまった。彼女は、横向きに倒れ、しばらく起き上がらなかった。

それを見ていたタツユキが、私につっかかってきた。

「お前、わざとぶつけたやろ」

そんなことをするわけがない。その場はとっくみあいの喧嘩になった。力の強いシンスケが飛んできて二人を分けてくれたから喧嘩は終わったが、そんなことがあったせいで、彼女にきちんと詫びるタイミングを失ってしまった。

その後しばらく、何人もの友から、罵《ののし》られ、頭をこづかれもした。みんなにきつく叱られながら、私はいつしか彼女がクラスの男子全体にとってのマドンナになっていたことに気付かされたのだった。後に彼女が劇で「お姫様」の役を演じたのも、衆目一致の配役だったかもしれない。

それは五年生か六年生の学芸会でのことである。クラスごとに演劇や合唱などの出し物を準備するのだが、私たちのクラスは、二つの劇を上演した。

演目の一つは、童謡として名高い『月の沙漠』（作詞・加藤まさを、作曲・佐々木すぐる）をモチーフにした劇だった。月明かりに照らされた砂漠（沙漠）を、二頭の旅のラクダが行く。一頭には王子様、もう一頭にはお姫様。そろいの白い上着姿で、それぞれ金銀の鞍《くら》に跨る二人は、連れだって黙々と砂丘を超えていく……。この異国情緒にあふれた歌がどのような劇に生まれ変わったのか覚えていないが、このお姫様がスズ子だった。疎開児童とはいえ、経済的に恵まれた家庭の子だったから、当日は役に合わせて綺麗な服を身にまとっていた。

これとは別に、私たちのクラスはもう一つ、『幸福な乞食』という劇も披露した。神様がわざわざ乞食の姿に身をやつし、さまざまな人の前に立ち現れる。そこでの出会いの数々を通し、乞食は幸福とは何かということを人々に気付かせながら導いていく……。たしかそのような内容の劇だったが、その乞食の役を演じたのが、誰あろうこの私だった。先生に指名されて務めたポジティブな役回りではあるのだが、身にまとうのはいかにも乞食らしくボロボロの衣装。別の舞台に立つ綺麗な「お姫様」を、こちらの「乞食」はどこか寂しい思いで眺めるしかなかった。

六年生の二学期の始業式の場に、スズ子の姿はなかった。焼け落ちた邸宅の再建ができて、東京へ戻っていったらしい。

始業式を終えて教室に戻ってから、コミヤ先生がそのことを告げた。

「スズ子さんは、この二学期から東京に帰られました」

それを聞いた時、クラスの誰一人として口を開かなかった。そのことが子どもたちの、とりわけマドンナを失った男の子たちのショックの大きさを物語っていたかもしれない。

私はどうしようもない淋しさに襲われた。そして何よりも、研究発表会での無礼をとうとう詫びられなかったことを、心の底から悔やんだ。

夏休みが明けたら居なくなっていたのだから、級友たちの前での挨拶もなかった。想像するしかないが、みんなの前で挨拶することは、彼女にとっても辛いことだったのではないだろうか。私と同じクラスになったのは四年生からのことだが、彼女が疎開してきたのは戦争中だ。多良小学校での学校生活は、非常に長かったことになる。そこで多くの思い出を刻んだ友に別れを告げることは、子どもにとっても辛く悲しいものだ。

終戦後四年目。この頃までには、一緒に遊んだ疎開児童たちが一人、また一人と村を去り、多良小学校を後にしていた。疎開児童たちの中には、よく喧嘩した相手もいる。そんな喧嘩友だちでも、会えなくなるのは寂しい。厳しい飢えの中にあって、共に学び、一緒に遊び、時には喧嘩しながら過ごした友。その友とも、もう一生会うことはないかもしれない。疎開児童が去るたびに、子ども心にもそんな思いが募った。

だが、スズ子が居なくなったと知って感じた寂しさは、そうした数々の別れとは寂しさの深さが違った。「胸にポッカリ穴が空いた」という言葉で寂しさをたとえることが多いが、私の喪失感は、「穴」という言葉には収まりきらなかった。

同じクラスになって、二年と四か月、ほんの短い年月だったのに、スズ子の振る舞い一つ一つが頭に残っていた。遠目に見る女子同士での遊びの場で、着せ替え人形をしたり、おはじきをしたりして遊んでいた姿。川原の開墾時、鍬を振り上げることもままならずにふらつく彼女を見かねて助けてやったこと。溜め池の堤で蕨採りに夢中になった春の日。雨に降られて逃げこんだ彼女の家で、当時としてはめずらしかった羊羹《ようかん》をご馳走になったこと……。

そのすべてが、まだ二年余りの年月の間のできごとである。それなのに、今はこれらがまるで遠い日の出来事のように頭をよぎっていく。「カラー」で撮影された鮮明な場面の数々であるはずなのに、早くもそれらは、セピア色の思い出、「白黒」の映像へと変わろうとしているかのような気がした。

私はある日の放課後、ランドセルをかけたまま溜め池のほうへ足を向けていた。青々とした稲が穂を出し、目立たない花をつけていた。蕨採りに夢中になった溜め池の堤は、芒が伸び私の背丈をゆうに超えていた。堤の上から見る水の量は、春よりずっと少なかったが、緑がかった青い水面は、漣《さざなみ》一つなく、木立や山を逆さに映していた。時々、名も知らぬ鳥の声がした。

私は、小石を拾って、池の中へ力いっぱい投げつけた。堤のすぐ近くに落ち、そこから波紋が広がり、逆さ木立も、山も姿をおぼろげにした。私にはまぶしい九月の陽光がゆらゆらと返ってきた。

私はいくつもの小石を、水面に投げ続けた。波紋は、ぶつかり合って砕け、堤にぶつかって砕けたが、しばらくして、もとの水面となり、そこに逆さ木立や山が再びすっきりした姿を現した。私は堤の上に腰を下ろし、しばらく水面を見つめていたが、ランドセルを放り出し、仰向けに寝っころがった。

空はもう秋だった。白い鱗雲《うろこぐも》が青い空をゆっくり、西から東へ流れていた。

日本は太平洋戦争で、数百万もの若い命を戦場に散らし、数多の都会を焼野原にし、おびただしい数の国民を犠牲にし、完全に打ちのめされた。だが、戦中より、ずっと自由でゆったりとした生活が送れるようになった。戦争がなければ、逢うことがなかった、多くの友達ができ、そして別れた。

野山や、川は昔のまま。春には菜の花が咲き、初夏には、麦の秋が訪れ、田植えがあり、青田が広がり、秋には稲穂が黄金色に輝く。田舎の春秋は何も変わっていない。

疎開してきていた友は、ほとんどが街へ帰っていった。もう降り注ぐ焼夷弾に逃げまどうこともなく、平穏な毎日を送っているであろう。彼らに逢うことは、もう二度とあるまい。

流れる雲を見ていると、なぜか涙が出てきた。空はあくまで青く、雲はいつまでも、ゆっくり流れていた。

子どもたちのその後（あとがきに代えて）

あれから八十年近くが過ぎた。時の流れの何と速いことか。浦島太郎が玉手箱を開け、一瞬に白髪《しらが》になってしまったがごとく、あっという間に〝爺《じい》〟になってしまった。小学校時代の級友の三分の一は黄泉《よみ》の国へ旅立ち、多くの友が施設の世話になっている。

しかし、育ち盛りにひもじい思いをしながら成長した田舎の子どもたちは、たくましく懸命に生きてきた。

子ども時代のあるスポーツ仲間は、世界的なメーカーの管理職を経て、日本有数の企業の経営陣の一翼まで担った。ほかにも企業経営者の道を歩んだ仲間は多いし、有力なマスコミ企業で要職を務めた友人もいれば、県下の教育界で活躍した仲間もいる。地元やその近隣に住み続けた者の中には、代々の家業や学校教育を担うと同時に、それぞれの立場で地域の文化の保存再興に努めた仲間が何人もいる。また、友人たちの何人かは地方行政・政治の場で活躍し、地域社会の舵取りを長く務めてくれた。

話は逸れるがマドンナとのその後も少し記す。私が東京営業所勤めだった頃、彼女の宅に招かれたことがあり、つもる話をする中で彼女の祖父は元多良村の村長、父は有名な海運会社の重役だと知った。私が東京を離れる折、彼女は駅まで見送りに来てくれたが握手はしなかったが、海が見えなくなるまで手を振りつづけてくれた。その後二年余り文通をしている間に、彼女は某大学の助教授となり、ほどなくして名家の御曹子と結婚した。その後の消息は知らない。彼女の手に触れたのは小学校四年の時の一度だけとなった。

私たちの世代が、義務教育である中学校を終えたのは、昭和二十八（一九五三）年の春。この時、仲間たちのおよそ四分の三は、進学や就職のために村を後にした。それからすぐに、日本は高度経済成長期の入口にさしかかり、驚くほどの速度で経済大国への道を歩みはじめた。

この戦後復興期から高度経済成長期にかけての時期、日本のサラリーマンには休日がないに等しかった。けっして誇張するのではなく、せいぜい休めるのは月に一回という人が当時は珍しくなかった。残業が百時間を超えることなど日常茶飯事で、正月休みも三日間のみ。ましてや今で言うゴールデンウイークの大型連休でも、「休もう」だの「遊ぼう」だのという声も聞かなかった。過労から早逝する者も珍しくなかったが、補償などない時代である。そんな中で、何人かのクラスメイトは、会社の幹部となり、役所で頂点を極めた。

我々の年代は、幼少期に戦争を目の当たりにした。次いで、育ち盛りの時期になると、歴史的な食料難の中でひもじい思いをした。さらに働き盛りの時期には勤勉に身を賭し、これも歴史に残る高度経済成長を支えた。個の人生を通してこれほど大きな変化をいくつも経験し、激しい時代ばかりを生き続けてきた世代は少ないのではないだろうか。

郷土の山河や草木に息づく小さな命の姿は、激しい時代の変化を歩むうちに記憶の中に埋もれたり、忙しさにかまけて見落とされたりする。その命が懸命に生きている姿、懸命に生き延びようとした姿を見つめ直す時、「まえがき」で述べた今の時代の異常なさまが照り返されてくるような気がする。

八十年近く前、私たちの世代の子どもたちもまた、その日々を懸命に生き抜こうとする「小さな命」そのものだった。

戦中戦後に小学生だった私たちの年代が、不幸だったか、幸せだったかと問われると、何とも答えられない。

子どもが激しい飢えに苛まれて生きねばならない時代など、決して再来させてはならない。けれども、幼年期から「手習いだ、塾だ」と追い廻される現代の子どもたちより、野山を駆けずり回りながら生きる知恵を身につけていた当時の子どもたちが幸せだったような気もする。

何はともあれ、当時の子どもたちは賢く、たくましく生き抜こうとしていた。遠い記憶の中から掘り起こしたその姿が、今の時代、あるいはこれから先の世の中のありようを見つめ直すための、ささやかな手がかりになれば幸いである。

■主な参考文献

『岐阜県史　通史編』『同　史料編』（岐阜県編）
『岩波講座　アジア・太平洋戦争6　地域・疎開・配給――〈都市と農村〉再考』黒川みどり著、岩波書店）
『現代日本の食料・農業・農村　第2巻　戦後改革・経済復興期』（戦後日本の食料・農業・農村編集委員会編、財団法人農林統計協会）
『NHKスペシャルセレクション　幻の大戦果・大本営発表の真相』（辻泰明・NHK取材班、日本放送出版協会）
『日本陸海軍事典コンパクト版』（安岡昭男編、新人物往来社）
『もういちど読みとおす山川新日本史』（伊藤之雄他著、山川出版社）
『資料が語る　里山の文化』（大垣市上石津文化財保護協会）

著者プロフィール

大橋 順雄（おおはし よりお）

1937年、岐阜県養老郡多良村（現大垣市）に生まれる
日本歌人クラブ会員
日本音楽著作権協会会員
歌集：『蕗の薹』、『桜の花』、『梅二輪』『武士の史』
童謡：「はりよのうた」、「ほたるの里」
歌謡曲：「長良川」、「男三成関ケ原の陣」、「巣立つお前に」等

かぼちゃの花 田舎の子どもの戦中戦後

2023年9月15日 初版第1刷発行

著 者 大橋 順雄
発行者 瓜谷 綱延
発行所 株式会社文芸社
〒160-0022 東京都新宿区新宿1－10－1
電話 03-5369-3060（代表）
03-5369-2299（販売）

印刷所 図書印刷株式会社

ISBN978-4-286-24264-4